作家という生き方 評伝 高橋克彦

道又力

現代書館

はじめに

作家、高橋克彦。

ミステリー、SF、ホラー、歴史小説、時代小説とエンタテインメントの各ジャンルに代表作があり、江戸川乱歩賞、吉川英治文学新人賞、日本推理作家協会賞、直木三十五賞、吉川英治文学賞、日本ミステリー文学大賞、歴史時代作家クラブ賞実績功労賞と名だたる賞を総なめにしている。大河ドラマの原作を二度までも書き、NHK放送文化賞や岩手日報文化賞など、文学賞以外の名誉も数多ある。

勿論、研究者として浮世絵の魅力を広く知らしめた業績も忘れてはならない。

こんなにも多面的に才能を発揮し得た作家はこれまでいなかったし、今後も現れないだろう。

高橋克彦は現代日本における大衆小説の、屈指の書き手であった。

敢えて、であった、と書いたのには理由がある。

昭和二十二（一九四七）年に生まれた克彦は今、七十代の前半。

円熟から老成へと向かう作家が、この先どんな物語を紡いでくれるのか。

長年の読者は、そうした期待を抱いている。

だが、ある時期を境に、克彦は執筆より遠ざかり、遂にはほとんど筆を折ってしまった。

三十代半ばでデビューして以来、常に第一線で書き続け、百数十冊の著書を持つ作家の旺盛な創作意欲を奪ったのは、平成二十三（二〇一一）年に発生したあの大震災だった。

自分の仕事に、克彦は誇りを持っていた。

小説は世の中に必要とされるものだ、と信じて疑わなかった。

その自信は震災で打ち砕かれた。

未曽有の非常時に、小説など何の役に立つのか。

被災地の岩手に暮らす身として、震災と無関係な小説を書くのに罪の意識さえ覚えた。

同じ被災地とはいえ、自宅は沿岸から離れた盛岡市であり、深刻な被害はなかった。

だから小説で震災に向き合おうとしても、自分には被災者の本当の心情は書けないと、つい思ってしまう。

これから何を書くべきなのか答が見つからぬまま、ただ時間だけが過ぎた。

書きたい気持ちはある。

震災直後、取材を受けている十歳前後の少年をテレビで見た時のことだ。

少年は祖父母、両親、兄弟を津波で亡くしていた。

家族の中でたった一人、生き残ったのだ。

「ボクよりもっとつらい人がいる。だから自分はがんばる」と、少年はカメラに向かって話した。

健気さに克彦は号泣した。

少年以上につらい思いの人間などいる訳がないではないか。

自分が書くべきなのは、この少年に生きる喜びを感じてもらえるような小説だと思った。

では一体どんな物語を、今は成人しているであろう彼のため書けばいいのだろう。

いまだに答は見つからない、という。


過酷な現実を前に、小説を書く意味を見失った克彦だったが、はたして、それほど小説は無力なものであろうか。

小説は人の心を動かす力を持っている。

人の心が動けば、やがては現実をも動かせる筈である。

克彦が後半生で追求したテーマは「東北の誇りを取り戻すこと」だった。

野蛮人の住む辺境と蔑まれてきた陸奥の歴史の真実を、小説を通じて克彦は明らかにした。

これで東北はプライドを取り戻した。

今や誰もが胸を張って、この地で生きていける。

人にとって、己の故郷に誇りを持って暮らすほどの幸せはない。

克彦の小説が現実を動かしたのだ。


あの少年のために再び筆を執る日がくるかどうか、それは分からない。

だが、小説は無力では決してないと断言できる。
作家という生き方を選んだ高橋克彦は、間違いなく幸福な人間なのである。

作家という生き方　評伝　高橋克彦　目次

第四章　大衆文学の頂点を目指す――直木賞以後……151

第一章

空飛ぶ円盤に導かれて

――高校卒業まで

克彦の生まれた日

高橋克彦は昭和二十二（一九四七）年八月六日、岩手県釜石市に生まれた。父の又郎は医者で、盛岡市の岩手医科大学附属病院に勤めていた。甘やかされて育った母のツヤ子は、初めての妊娠をやたら不安がった。母の父、つまり克彦の祖父は、釜石の県立病院の院長だった。両親の庇護を求めて、母は盛岡ではなく釜石で出産したのである。

それでも略歴には、盛岡出身と記すことが多い。藩政時代から岩手の中心地で、現在は県庁所在地である。生後三カ月ほどで、母は克彦を抱いて、父の待つ盛岡へ戻った。以後、父の転勤に従い県内各地を転々としたので、少年時代の大半を過ごし、今は終の住まいを構える盛岡を出身地にしているのだ。

私の生まれた年は昭和二十二年。西暦で言うと一九四七年。つまりケネス・アーノルドが数機のＵＦＯと遭遇して、「空飛ぶ円盤」という言葉をはじめて用いた年なのだ。（中略）もっとも、昭和二十二年はベビーブームの年でもあるから、それほどの偶然でもないのだが、もっと恐ろしいことが誕生日に重なっている。（中略）ある知人が私の誕生日を知って、昭和二十二年八月六日に発行された地元新聞のコピーをプレゼントしてくれた。それに目を通しているうち、新聞の片隅に「空飛ぶ円盤」の記事を発見したのだ。空飛ぶ円盤は光り輝きながら岩手県の上空を通過したらしい。さすがの私もこれには驚愕した。

（エッセイ「ＵＦＯへの関心」）

幼い頃よりＵＦＯに異常な関心を抱き、目撃したこともないのに実在を確信していた。なのに興味を持つようになった経緯は思い出せない。気がつけばＵＦＯを身近に感じていた、という。

その理由を克彦は、件の新聞記事に見出している。つまり自分が生まれた日、ＵＦＯから何らかの思念が地上に照射された可能性はなかったのかと……。

克彦には生まれつき嫌いなものが二つある。

一つは黄昏。夕日が沈み始め、空が薄桃色から淡い紫へと移ろう時間が、たまらなく怖いのである。用心深く黄昏どきを避けて暮らしているが、うっかりぶつかると大変だ。慌てて喫茶店や本屋へ駆け込み、やり過ごすしかない。

もう一つは水。顔に水滴が飛んできただけで、心臓が止まりそうになる。そのため洗顔は丸いブラシに石鹸をつけ、ぬるま湯でゆっくりと洗うそうだ。

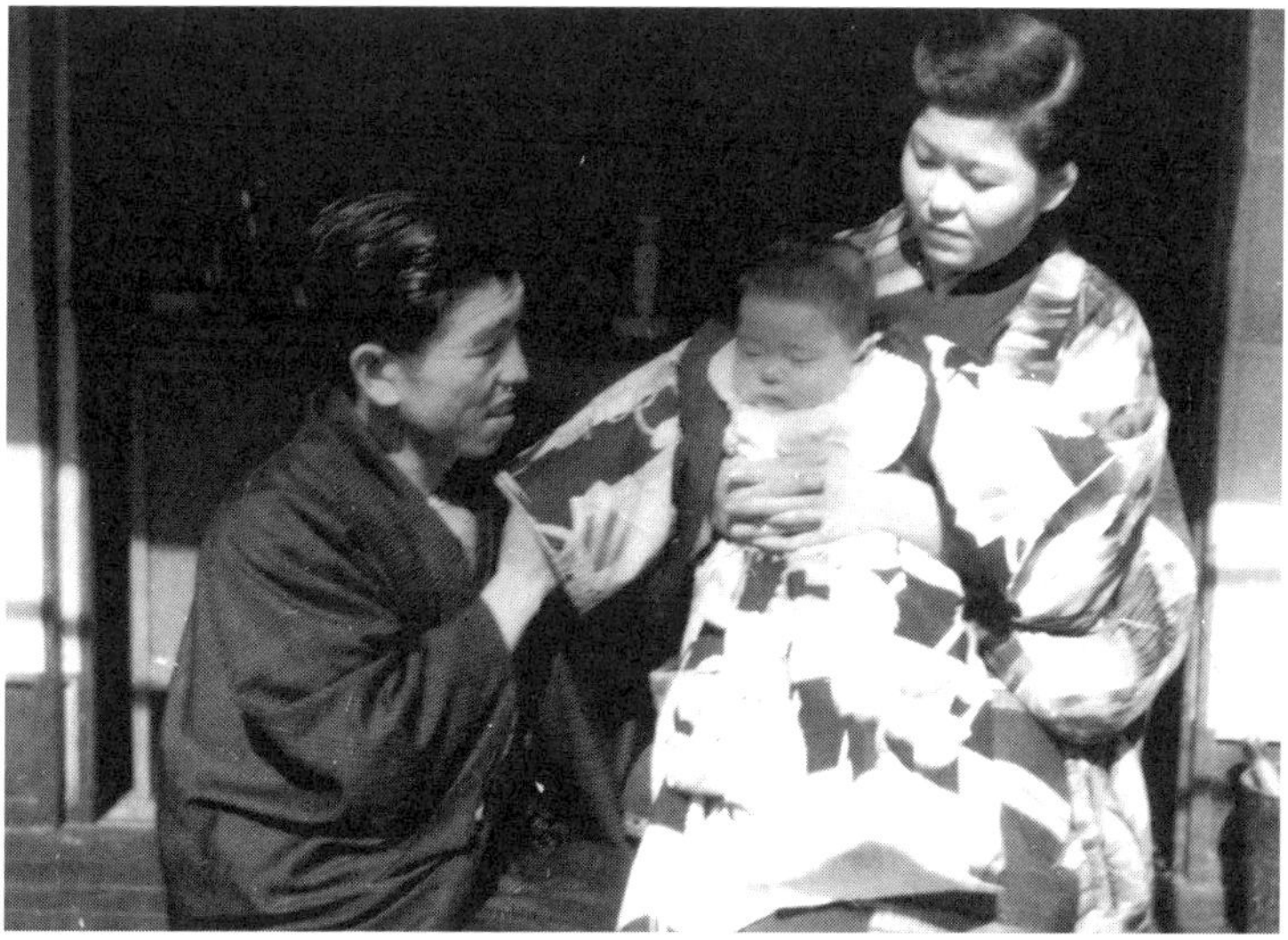
生後間もなく両親と

長じては、もっと怖いものができた。飛行機である。だから遠方の地での取材や講演の依頼は尽く断っている。

恐怖心というものは、どうやら前世と深い繋がりがあるらしい。（中略）（家内が）「広島の原爆と関係ないの？」

と唐突に口にした。ゾッとした。

「原爆が落ちて、明るい空が次第に暗くなったというのは黄昏に似ているし、たくさんの人が火傷《やけど》と喉の乾きで川に逃げて亡くなったわけでしょ。飛行機は当然怖いはずだし、それにあなたの生まれが……」。

私は八月六日に生まれている。原爆の日だ。

（エッセイ「思い当たる前世」）

生まれた年月日をＵＦＯや前世の記憶と結び付けるとは、いかにも作家らしい過剰な想像力である。しかし克彦が超自然的な現象に、たびたび遭遇するのも事実なのだ。また、その経験がオカルトやＳＦへと関心を向かわせ、小説を書く際の重要なモチーフともなっている。だから不謹慎と誹られようとも、そうした類の出来事も書き留めておく。

高橋一族のこと

克彦の半生を語る前に、高橋一族についても触れておきたい。一人の抜きん出た才能が生まれるため、その人物の家系や血筋が、どれほどの意味を持つのかは知らない。けれども、触れずに済ますには惜しい顔ぶれが揃っているのだ、この一族には。

先祖は秋田県仙北郡畑屋村（現在の美郷町）で乾物商を営む旧家だった。干物を狙う猫を殺した祟《たた》りで不幸が続き、一家は離散したという（当主が発狂したとも伝えられるが真相は定かでない）。

この辺りの事情は、かなり脚色を交えつつ、自作のホラー短編に描かれている。

（従兄が主人公に）「なんでこんなに薄気味悪い小説だけを書くんだ。おまえの小説はいつも人殺しだらけじゃねえか。それも残酷な殺し方でさ」（中略）

「オレたちは猫に祟《たた》られている。だから何代も猫を飼ったことがない」（中略）

「そのうちに家業が傾いた。いくら猫が商売物に手をだすとはいえ、やり方が残酷だと思われたのさ。そんな店から誰も買わなくなる」（中略）

「借金が重なってその先祖は首をくくった」

（小説「猫屋敷」）

明治十一（一八七八）年に生まれた父方の祖父・高橋菊治は、秋田県内の医家に書生として住み込み、やがて主人の代診を任されるまでになった。明治三十三（一九〇〇）年、山を挟んだ隣の岩手県和賀郡沢内村（現在の西和賀町）で赤痢が発生。主人の助手として救援に赴く。滞在先の碧祥寺の末娘ヒデと相愛の仲となり、翌年には長女タマが生まれた。結婚を機に寺の援助を得た菊治は、盛岡の医学校へと進学する。

余談ながら、医学校での友人に佐々木喜善がいる。かの柳田国男に郷里の昔話を語って聞かせた遠野出身の文学者である。その話を基に『遠野物語』は執筆されたのだ。

明治三十七（一九〇四）年、日露戦争勃発。この戦いには東北人が多数駆り出され、妻帯者の菊治まで召集を受ける。退役後は子供が次々産まれ、家族を養うため学業を断念せざるを得なくなった。卒業こそしなかったものの、並の医者より確かな実力を持っていた。腕を惜しんだ知り合いが、沢内村に近い卯根倉鉱山の代診医の職を世話してくれた。待遇は悪くなく、家族の生活も安定する。

この地で伸び伸び育った菊治の息子たちは、様々な分野で目覚ましい活躍を見せる。彼らは例外なく文芸の才にも秀でていた。

長男の喜平は、雪崩の神様と称えられた雪氷学者にして日本エッセイスト・クラブ賞受賞者。東大教授だった次男の延清は、森林研究の第一人者。詩やエッセイの著作もある。三男・武四郎は、電機メーカーを興して長者番付に名を連ね、晩年には考古学の知識を生かして小説を書く。克彦の父である四男の又郎は、遺伝性黒血病を発見した功績で博士号を授与され、また東北に多い脳溢血の原因を調べ上げ、『塩分は怖くない』と題した本を出版（そのため減塩キャンペーンを推進する県医師会から除名の憂き目に遭う）。末っ子の睦夫は、将来を嘱望されたスキーの名選手。競技中の事故のため二十歳の若さで亡くなったが、長い病床生活で詠んだ句は朝日新聞の俳壇に度々入選している。

この平凡ならざる一族の血が、克彦には流れているのである。

幼少時代

克彦の生まれた年、父・又郎の診察室を奇妙な若者が訪れた。咳が止まらぬから治してくれと訴える、その唇の色が異常なのだ。

血の色素が普通よりずっと黒いんです。皮膚が黒いわけじゃないから、どうってこともないような気がしますが、口唇とか瞼の裏側とか、皮の薄い部分では凄く目立つんですよ。（中略）今まで黙っていましたがオレもそうなんですよ。一族は共通して口唇を嚙むクセを持っています。強く嚙み締めれば血液の循環が止まって口唇が白く見えますからね。学校に通って大勢の人間と接するうちに自然と身につけてしまうんです（中略）治癒する方法はありませんが、この症状をなくす方法はあります。子供を作らなければいいんです。（小説「蛍の女」）

自分の村ではさほど珍しくもない、と若者は言った。興味をかき立てられた又郎は、週末になると村へ出かけ研究に没頭した。その結果、世界で初めて発見された病気だと分かり、国際血液学会により遺伝性黒血病と認定される。

こうした縁から、若者の妹が高橋家でお手伝いさんとして働くようになった。まだ赤ん坊だった克彦は、彼女に優しくあやしてもらったのを、かすかに記憶している。

五歳までは盛岡で暮らしていた。父が一戸町の県立病院の院長になったため、二歳年下の弟・裕男を含め一家四人は、昭和二十六（一九五一）年から県北の雪深い土地で二年間を過ごす。

六歳頃　家族と（中央は弟の裕男）

五歳から小学校へ入学するまでの記憶はほとんどない。ただ幼稚園の間取り、特に子供用にしては、やけに大きかったトイレを明瞭に覚えている。

恥ずかしい話だが私は小学校高学年の頃までおねしょの癖が治らず、その時の夢に登場するトイレは必ず幼稚園のものだった。あの広いトイレに思い切りおしっこをして、ああ、さっぱりしたと思った途端に布団の冷たさで目が覚める。（中略）白状すると、その夢は今でも見る。ただし、子供の頃とは違って、ぎりぎりのところで目を覚ましますけどね。（エッセイ「トイレの思い出」）

おねしょの思い出など可愛いもの。最も強烈な記憶は父の病院でのことである。鬼ごっこをして逃げ込んだ手術室で、あるものを目撃したのだ。最初それは真っ赤な柘榴のように見えた。手術台の上には、酒乱の夫に鉈で頭を割られた女性が横たえられていた。柘榴に見えたのは、パックリ開いた頭蓋からのぞく脳味噌だったのである。

今でも、あの恐怖がどこかに残っている。それを払拭《ふっしょく》しようとして、もっと残酷な場面を（小説の中で）わざと創造しているのかもしれない。なにしろ自分の残酷趣味は子供の頃から続いている。怪談映画を見たり、残酷な死体の写真集を眺めたりと、まわりからは奇妙な人間だと思われてきた。そのすべては五歳のときの恐怖を克服しようとする無意識の行動だったのではないか？

（小説「猫屋敷」）

小学時代

一戸小学校へ入学した昭和二十八（一九五三）年、おかしな夢を見た。あまりに不思議だったので、未だに忘れられないでいる。

一面に白骨が敷き詰められている原っぱに私は立っていた。その遥《はる》か先に井戸が見える。（中略）近付いて中を覗《のぞ》いた。すると井戸の底に縁台が置かれていて、そこに美しい着物を着た女性と少年が腰掛けていた。じっと眺めていたら二人が上を向いた。その首がするすると伸びてきた。私は悲鳴を発して井戸から逃れた。女性の方は知らないが、少年は私と仲がいい親類だった。

（エッセイ「七歳の予知夢」）

その日の午後、親類の少年が亡くなったと知らせが届く。突然の事故だったので、明らかに予知夢だったのだろう。

幼い子供に大人には感じられないなにかが見えるという話はよく耳にする。（中略）私にもひょっとしたら六、七歳頃まで、そういう能力が備わっていたと言うことだろうか。

（エッセイ「七歳の予知夢」）

同じ七歳の時、こんなこともあった。両親が夕方から所用で出かけ、弟と留守番をしていた。夕食の支度は近所のお姉さんに母が頼んでいる。けれども約束の時間が過ぎても、お姉さんは来ない。

弟は今にも泣きそうになっている。百を数えるとお姉さんがくる、と私は勇気づけた。弟は目を輝かせて数を唱えはじめた。十、十一、十二、お姉さんが今家を出た。二十三、二十四、二十五、お姉さんは郵便局の前を歩いている。（中略）九十七、九十八、九十九、お姉さんの手が玄関の戸にかかる。百！　と二人で声を揃《そろ》えた瞬間、本当にがらりと戸の開けられる音がして、今晩は、とお姉さんの声がした。（中略）ところが……玄関にはだれの姿もなかった。（中略）そうなのだ。玄関には鍵《かぎ》をかけていたのである。開くわけがない。弟と私は叫んで部屋に逃げ帰った。

（エッセイ「99、100！　お姉さんの声」）

幼い克彦が、世界は目に映る通りのものではない、とボンヤリ認識し始めたその頃、父は多忙を極めていた。当時、一戸町を含む県北から青森県にかけての地域には、脳溢血患者が非常に多かった。父は画期的な治療法を考案して治療に乗り出す。評判を聞いて、患者が県内外から病院に押しかけた。

父の気晴らしは酒と麻雀。少しでも暇があれば、仲間を自宅に呼んで卓を囲んだ。母の実家は盛岡である。夫はちっとも構ってくれず、田舎暮らしにもウンザリしていた。何かと理由をつけては、克彦と弟を伴い盛岡へ戻る。

小学二年　弟の裕男と

なにもない田舎から、賑やかな盛岡を訪れる。しかも、盛岡には優しい祖母がいて、必ず松屋か川徳に連れて行ってくれて玩具を買ってくれたり、ソフトクリームをご馳走してくれる。（中略）いつもワクワクした気持で一戸から列車に乗り、盛岡に到着して明るい夜景を眺めると小躍りしたくなったものだ。

（エッセイ「懐かしの人力車」）

ベッド数が限られている一戸の病院では、増える一方の脳溢血患者に対応し切れない。父は独立して個人病院を建設しようと決意した。準備に追われる父を残し、家族三人は盛岡の祖母の家へ移り住む。昭和三十（一九五五）年、小学三年の時である。

小学時代の最大の情熱は漫画だった。特に映画的なスペクタクルを得意とする杉浦茂のギャグ漫画が好きだった。読むだけでなく描くのも好きで、学習ノートを先生や同級生の似顔絵で埋め、将来は漫画家にという夢を抱いたりした。後年、ある書評家が克彦の冒険小説を劇画的と批評したが、「漫画家志望だったので褒め言葉に聞こえる」と本人は笑っている。

盛岡へ移る直前、図画コンクールで特選となった。絵の才能があると思った母は、克彦を本職に学ばせることにした。

だが、絵の世界に詳しくなかった母親は重大な間違いを犯した。本職の絵描きさんなら、どういう人でも大丈夫と思い込んで、お手軽にぼくを町内の老絵師に預けた。その師匠の専門は「家庭に幸福を招く霊竹画」というものだった。正月などに飾る、例の赤い筆で描いた竹の絵である。（中略）毎日、小学校の帰りに先生のお宅にお邪魔し、練習用の障子紙に一心不乱に竹を描いた。（中略）さすがにそれが何カ月にも及ぶと、いかに小学生のぼくとて疑問を覚えはじめた。

（エッセイ「つらい思い出がある」）

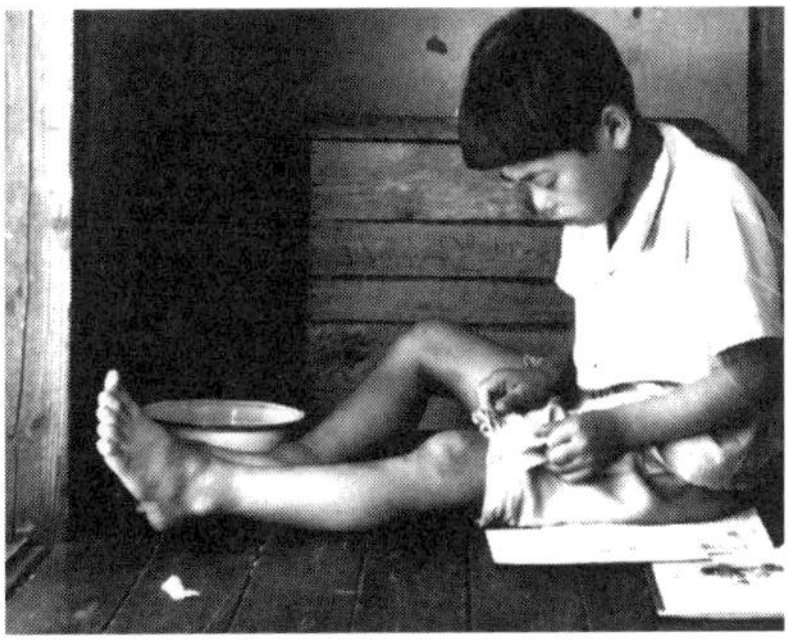

小学三年頃

竹以外も描きたいと訴えたら、馬の描き方を渋々伝授してくれた。馬の脚は竹のように、たてがみは笹の葉のように、との教えだ。竹こそ万物の基本。それが師匠の信念なのである。一年近く竹と馬ばかり描くうち、克彦の個性は完全に失われた。「技術はあっても創造性のない子供の絵には何の魅力もない」。美術教師から何かとそう言われ、図画の時間が鬼門となる。

可愛い孫の未来を占うため、母方の祖母が霊能者の家を訪ねたことがあった。霊能者は名前と生年月日を聞いて、「この子は三十五歳を過ぎれば必ず世に現れる」と告げ祖母を喜ばせた。

ことあるごとに「お前は三十五歳になったら立派な人になるんだよ」と僕はいわれつづけた。しかし、僕は悲しくてしようがない。何しろ、まだ八歳くらいの年齢なのだ。当時の僕から見れば三十五歳なんてとてつもなく先のことで、そこまで生きていられるかどうかさえわからないのだ。

「そんな年で世の中に現れるということは、現れた後は一、二年しか楽しみがないんじゃないか」

そう考えると「僕の人生は大半が世の中に現れない人生なんだ」と悲しくなってしまった。（中略）三十五歳まで何をしてもだめなのなら、せめて好きなことでもして生きたいと思うようになった。　（語り下ろし「必ず世の中に出てきます」）

いつも頭のどこかに予言が引っ掛かっていた。頑張らねばならぬ局面にぶつかるたび、どうせ三十五歳までは何をしても無駄だと思うので、自分にはマイナスだったと語っている。

祖父母の家は盛岡市菜園である。かつては南部藩主の野菜畑があった土地で、地名の由来もそこからきている。大きな商店街が近くにあり、駄菓子屋や映画館など遊ぶ場所には事欠かなかった。

食糧事情は今に比べるとかなり悪くて、おやつ代わりに食べる物といえば、玄米パンやコッペパンがほとんど。（中略）バナナやチョコレートは滅多に口に入らず、家の近くの駄菓子屋に行けば、一個五円の偽のチョコレートや、甘すぎるくらいのミルクガムが売られていて、それが子供心には贅沢品。一袋五円の甘納豆もあり、これはクジになっていて、特等にはマンガ本やピストルが付く。（中略）プロマイド集めも盛んで、変に人気のあったのが相撲取りの写真。（中略）夢中になって集めて、その枚数を比べる事で優劣を競い合った。（小説「ぼくらは少年探偵団」）

相撲が盛んな時代で、力士の人気は映画スター並だった。克彦の贔屓はおっとりした栃錦で、ファンの多い若乃花はガムシャラすぎて嫌いだった。

収集癖が芽生え始め、プロマイドだけでなくメンコやビー玉を集めた。線路に釘を置き、汽車に轢かせて平らにしたもので手裏剣を拵えたり、ボール紙をピストルの形に切り抜き、ギャングごっこもした。

他にも、遊びと言えば、水たまりに、工場から盗んで来たカーバイトを投げ入れて、そのぶくぶくと出て来る泡を眺めて喜んで見たり、ポンポン蒸気や地球ゴマで競争させて楽しんだり、日光写真や、幻灯機と、色んなものがあった。（中略）（特に心を捉えたのが）忍者の巻物。これは、最初、雑誌のフロクとして付いてきたものだった（中略）後には、それ独自に売り出され（中略）（親が買ってくれなかったので）友達がそれを持っていたりすると、妬《ねた》ましくて夜も眠れぬほどだった。（小説「ぼくらは少年探偵団」）

どれほど遊びに夢中でも、夕方になれば大急ぎで飛んで帰った。「ヤン坊ニン坊トン坊」「一丁目一番地」「おやおやなあに」など、絶対に聞き逃せないラジオ番組があるのだ。

近所の映画館にも、よく通った。何といっても子供向け作品を沢山作っていた東映の映画である。「笛吹童子」「オテナの塔」「七つの誓い」「里見八犬伝」「風小僧」。一番好きなのは江戸川乱歩原作の「ぼくらは少年探偵団」シリーズだった。少年探偵団のトレードマークは、丸にBDと刻印されたバッジ。劇中で犯人を追跡しながら道路に落として目印にしたり、監禁された家から外に投げ居場所を知らせたり、何かと威力を発揮する小道具であった。

（小説「ぼくらは少年探偵団」）

ＢＤバッチは街にも市販されていたから、小遣いをためて二十、三十個と買い求め、自分も少年探偵団員をきどり、学校でお昼の弁当を知らない間に食べられたりした者がいれば、おもむろに乗りだしてアリバイを探ってみたり、薬を用いてクラス全員の指紋を検出してみたりで、皆に馬鹿にされた事もあった。

祖父母の家に移ったことにより、一戸の小さな本屋で漫画を買って読む程度だった読書体験が広がった。一戸にいた頃も、盛岡へ来た折には祖父の書斎へ入り込み、古い戦記物の『軍神西住戦車長』や『少年倶楽部』のバックナンバー、あるいは南洋一郎、高垣眸、山中峯太郎といった戦前の冒険小説を読み耽ってはいた。だが、これからは毎日でも書斎を自由に使えるのである。克彦は腰を据えて、面白そうな小説を漁り始めた。

（医者である）祖父の書斎の書架には、祖父の日常には似つかわしくない奇妙な本が数冊紛れ込んでいたのである。山根キクの『光りは東方より』そして酒井勝軍の『太古日本のピラミッド』。

前者はキリスト渡来伝説を克明に検証した書物で、後者は古代日本に世界一の文明があったと力説したものだ。（中略）特に『太古日本のピラミッド』は出版間もなく発禁の憂き目にあったとかで、現存するものは五冊にも満たないのではないかと言われる珍しい本である。（中略）お陰で私の歴史観は幼い頃から歪められてしまった。

（エッセイ「霊地を旅する」）

市内の高校で英語教師をしている母の弟の木村毅も、祖父母の家に同居していた。この叔父は無類の怪談好きで、彼の本棚は怪奇小説の宝庫だった。克彦は橘外男の『亡霊怪猫屋敷』を借りて読み、背筋の凍る思いを味わう。本格的な怪奇小説との初めての遭遇だ。

小学三年の夏、市内で怪談噺の興業があった。陰気臭い年寄りが語る講談に最初は退屈していたが、段々と名人芸に引き込まれていく。

舞台には蠟燭しか灯されていない。それが風のせいかゆらゆらと揺れる。例のお岩さんの髪梳きの場。演者は肩をつぼめて囁き声となり、頭を下げていく。（中略）そこに暗転。また明かりが点ると髪の抜けた鬘を被った演者が手をだらりとさせてゆっくりと体を左右に振っている。死ぬほどに怖かった。（中略）途端に二つ隣りの椅子に腰掛けていた女性が立ち上がった。彼女も（お岩さんと）同じ顔をしていた。彼女はヒヒヒと笑いながら私に顔を突き出した。心臓麻痺で死ぬかと思いましたね。彼女はあらかじめ仕込まれたサクラの一人であった。

（エッセイ「怪談こそ物語の原点」）

すっかり怪談の虜になって、お化け映画が上映されるたびに叔父と一緒に出かけた。そして、和製ホラー映画の最高傑作「東海道四谷怪談」と出会う。

私にとって鶴屋南北の『東海道四谷怪談』ほど大きな意味を持つ作品はない。この作品との出会いがなければ、恐らく小説家という道に踏み込むことはなかったであろう。(中略)最初に接したのは映画だった。(中略)中川信夫監督の『東海道四谷怪談』を見たのが今でも強烈な思い出として私の中に残っている。(中略)子供にはとても耐えられない。一ヵ月は一人で眠れなかった。(中略)普通だったら二度と見たくないと思うはずなのに、その翌年もまた叔父にせがんでお岩さんの映画に連れていって貰った。あの当時は映画が唯一の娯楽だった。夏になると必ずお岩さんの映画が作られていたのである。

(エッセイ「四谷怪談の面白さ」)

その頃かなり珍しかったテープレコーダーを、叔父は持っていた。ラジオ放送された怪談噺を録音しては聞かせてくれる。だが、克彦の怖いもの好きは、叔父の仕込みのせいだけではない。毎年、盛岡の八幡宮のお祭で興業する衛生博覧会やお化け屋敷には、叔父にせがむまでもなく、友達を誘い率先して出かけていた。

ちなみに衛生博覧会とは、そもそもは衛生観念を普及させる目的で始められた催しを指す。それが次第に奇形動物の屍体や殺人現場の写真や性的な疾病模型などを展示するエログロな見世物となったのだ。盛岡の家にはミニ衛生博覧会とでも呼べそうな小屋が裏庭にあった。

(以前はこの家でも)患者さんを診ていたのです。だから小屋には名残りの手術道具がたくさんしまわれていたんです。外科・産婦人科だったので、のこぎりみたいなものや、巨大な内視鏡って言うのかな……それにメスや人骨の模型。むろん本物であるわけがない。でも、子供には本物も模型も一緒でしょう。そんなのが薄暗い小屋の中にごちゃごちゃと置かれていた。

――何か悪戯をすると、祖母は罰として小屋に閉じ込めるのが常だった。小屋の中で恐ろしさに泣き喚きながらも、克彦は病院で使われた品々に魅了されてもいた。

叔父は克彦の性向を見抜き、それを単なる猟奇趣味で終わらせないようにと考えたのだろう。ドストエフスキー研究家で、後に東北大学のロシア文学教授となった叔父は、怪談を通じて物語の面白さ、つまり空想の世界に遊ぶ楽しさを教えようとした。『牡丹燈籠』の原点は中国の物語だということ、シェークスピア作品に登場する亡霊や『雨月物語』の端正な美しさ、吸血鬼の歴史的真実なども叔父から教えられた。

（小説「言えない記憶」）

叔父の口癖は「怪談こそが文学の原点だ」というものだった。そして「文学は語られることからはじめられた」とも。

人類の創世期、文字がなくても言葉はあった。（中略）語られた最初の物語は神への畏敬であるとともに、霊の鎮魂である。それが叔父の持論だったのだ。もちろん愛の物語とて多く語られたであろう。しかし人の心を引き付けて止まなかったのは驚異の世界の物語であり、霊魂の不滅であった。（中略）「日常から離れたものこそが真に創作と呼べるものだ」

（エッセイ「怪談こそ物語の原点」）

怪談ばかりに浸っていたのではない。同じくらい好きだったのは、血湧き肉躍る冒険小説の世界である。ハガードの『ソロモン王の洞窟』、ベルヌの『海底二万里』、ドイルの『失われた世界』、等々。また児童文学の傑作『森は生きている』を読んで大感激。児童劇団による舞台版を観て、さらに感銘を深めている。こうした一連の作品によって、ＳＦやファンタジーの魅力にも目覚めた。

古本屋に関しては思い出がたくさんある。（中略）無造作に山積みされた雑然とした店内を見渡せば、知らず知らず体が緊張する。宝捜しとおなじ心境だ。鼻をつく黴の匂いも一向に気にならない。どんな見知らぬ本と巡り合うことができるのだろう。もしかすれば自分の運命を左右するような本を手にする可能性もある。古本屋ほどスリリングな場所はない。

（エッセイ「過去への扉」）

古本屋との付き合いが始まったのは、小学四年の時である。正しく運命を左右するような本との出会いが、そこであったのだ。

当時、映画やラジオで少年探偵団のシリーズが一大ブームになっていた。「ぼ、ぼ、ぼくらは少年探偵団」のフレーズで有名な主題曲は、今も克彦の愛唱歌の一つである（つらい時口ずさむと元気が出るとか）。

たまたま通りかかった古本屋の窓ガラスに、「江戸川乱歩全集あります」と貼り紙がしてあった。てっきり少年向けの少年探偵団シリーズだと思った。値段を聞くと新刊書に比べ、ずっと安い。丁度お年玉を貰ったばかりでもあり、迷わず全巻を買い求めた。

家に帰って読み始めると、期待していた少年探偵団の話ではない。けれどもゾクゾクするほど面白い。橘外男などを読み下地があったので、乱歩の描く耽美の世界にすんなり入れたのである。

『パノラマ島』や『芋虫』『陰獣』『人間椅子』の陰湿で魅惑的な描写に胸をわくわくさせながら、毎日、祖母や家族の目を盗むようにして布団の中で読み耽った。子供心にも、これはいけない小説だとピンときていたのだ。ところがある日ついに祖母に発見されてしまった。祖母は小学生の私が乱歩を読んでいると知って嘆き悲しみ、私の頰を何度もぶつと、全集を庭に持ち出して、私の目の前で燃やした。あのときの絶望と悔しさが今も忘れられない。

（エッセイ「乱歩と私」）

翌日、本屋へ出かけ、今度は文庫で少しずつ揃え始めた。文庫なら隠しやすいと考えたのだ。数カ月後には全作品を読破してしまう。同じような面白さを味わいたくて、今度は乱歩が愛読した小説を読むようになった。黒岩涙香、泉鏡花、谷崎潤一郎などである。特に谷崎潤一郎は、これまた全集を揃えて貪り読んだ。

昭和三十三（一九五八）年、紫波町に父が個人病院を開業。祖父母の家に別れを告げ、盛岡から車で三十分ほど離れたその町へ移った。

紫波《しわ》郡紫波町上平沢字川崎八十四

これが二十数年前に住んでいたぼくの住所だ。調べたわけではない。今でもソラで言えるほどに体に馴染んだ住所なのである。つい十年ほど前に住んでいた東京のアパートのものは完全に忘れているのに、（中略）多分死ぬまで覚え続けるに違いない。

小学五年　碧祥寺本堂の前で一族と（右端で口を開け笑っているのが克彦）

これは少し異常でもあるな。時々フッと考える。だが、これが故郷というものなのだろう。（中略）と言って、紫波に住もうとは思わない。離れた場所だからこそ、紫波はいつまでも心に生きている。

（エッセイ「現住所にはしたくない」）

わずか数年住んだだけの土地に、何故これほど愛着を示すのか？　大きな理由が実はある。紫波は初恋の思い出の地だったのだ。

映画館の中にパンや牛乳を売る小さな店が入っていて、好きだった女の子の家が経営していた。土、日の午後はその女の子がたいてい手伝っていた。彼女の顔見たさに通っていたんだよ。（中略）カーテンの隙間から彼女も映画を見ている。その顔がスクリーンの輝きに照らされて白く浮き上がって見えた。（中略）学校ではほとんど口も利《き》けなかった。けれど映画館の暗がりの中だと話ができる。お釣りを貰うときに手と手が触れ合うこともある。

（小説「凍った記憶」）

映画が最大の娯楽だった時代である。紫波のような小さな町にも映画館があった。但し新作は、まずかからない。上映されるのは、何年も前に封切り済みの作品ばかり。それも怪談映画が多かった。お陰で見逃した作品を、かなり拾うことができた。

暇さえあれば映画館に出かけたが、まだ小学生の克彦を叱る人間は家にいなかった。

（父は）麻雀、宿直、往診のいずれかで真夜中に帰ることが多かった。私が医者の道を選ばなかったのにはそれが大きな原因となっている。楽な仕事ではないと子供心に感じたのだ。母は毎日のように不機嫌で田舎暮らしを呪っていた。学校から戻ると卓袱台《ちゃぶだい》の上におやつのパンと牛乳が置いてあり、盛岡へ買い物に行きますと書いたメモが残されていることが多かった。私と弟の夕食は隣接した病院の炊事のおばさんが届けてくれるので心配はない。（小説「凍った記憶」）

思えば映画館は逃げ場だったのだ。行けば好きな女の子の顔が見られ、人も大勢いて笑い声があった。そういう意味では学校も映画館と同じだった。だから今でも当時の同級生の名前を、よく覚えている。

鮮やかな記憶がいきなり甦ってきた。教室の後ろの出口からコンクリートを張ったテラスにでることができる。そこではビー玉やメンコに興じた。広い出窓のところには皆で必死になって揃えたカバヤ文庫が並べられていた。私は背中をのけ反らせて椅子の脚をカタンカタン鳴らすのがクセで、しょっちゅう担任の女先生に叱られ通しだった。（中略）学校の板塀に直径二センチほどの節穴があったので、家に持ち帰りたくない赤点のテストや他人に見せられないノートの切れ端などを押し込んで捨てていたのだ。（小説「凍った記憶」）

彼女への想いを一通のラブレターにしたためた。結局、渡す決心がつかず、運動用具室の裏手にある板塀の節穴に押し込んだ。

映画館の思い出は、甘美なばかりではない。ある時、愛人の局部を切り取った阿部定事件の実演が、スクリーンの前の狭い舞台で上演された。例によって真っ先に駆け付けたが、あまりの生々しさに気分が悪くなった。当時、阿部定は存命しており、その舞台に本人が出ていた可能性もなくはない（克彦より十歳年長の映画監督・大林宣彦も実演で本人を見た記憶があるそうだ）。

いつも紫波を懐かしく思い出すのは、雪と遊んだ楽しい記憶のせいでもある。

十一月がやって来るといつ初雪が降るか、今日か、明日か、と心の中で待っている。（中略）

一年のうち半年くらいは、雪に囲まれている生活だったから、どうしても雪にまつわる思い出が多くなり、子供の頃の遊びにも、ゲタスケート、竹スキー、箱ぞり、鎌倉造り、雪相撲などと、当時は遊ぶものが今のようにはなかったのに、それなりに考え出して結構楽しかった。（中略）（雪の中に）試験管を差し込み、中に割りばしと、砂糖水を入れて、そのまま二十分くらい放って置く。やがて、試験管を抜き取り、それをぬるま湯に浸して、割りばしをひっぱると、ポン、と大きな音がして自家製のアイスキャンデーが出来あがる。（小説「ぼくらは少年探偵団」）

小学五年の夏。横浜に住む伯父の武志郎を訪ねるついでに、家族で東京見物をすることになった。新幹線はまだない。盛岡から夜行列車を利用して十三時間もかかる。地方の人間にとって、東京は外国同然の大都会であった。克彦は東京タワーで高所恐怖症に襲われ、後楽園のコーヒーカップの乗り物に酔って吐き散らし、浅草国際劇場の華やかなＳＫＤの舞台に目を奪われ、銀座のデパートではチキンライスのあまりの旨さに感動する。宿に戻ると、まだ岩手では放送されていない超人気番組「月光仮面」が見られた。

岩手に帰った私はクラス一番の東京通ということになった。（中略）母が買い求めたＳＫＤのパンフレットの表紙を模写して「東京の女」とタイトルをつけ、クラスの女の子たちに何枚もプレゼントした。ああ、こうして書いているだけで耳朶《みみたぶ》がほてってって来る。行きもしない日活撮影所

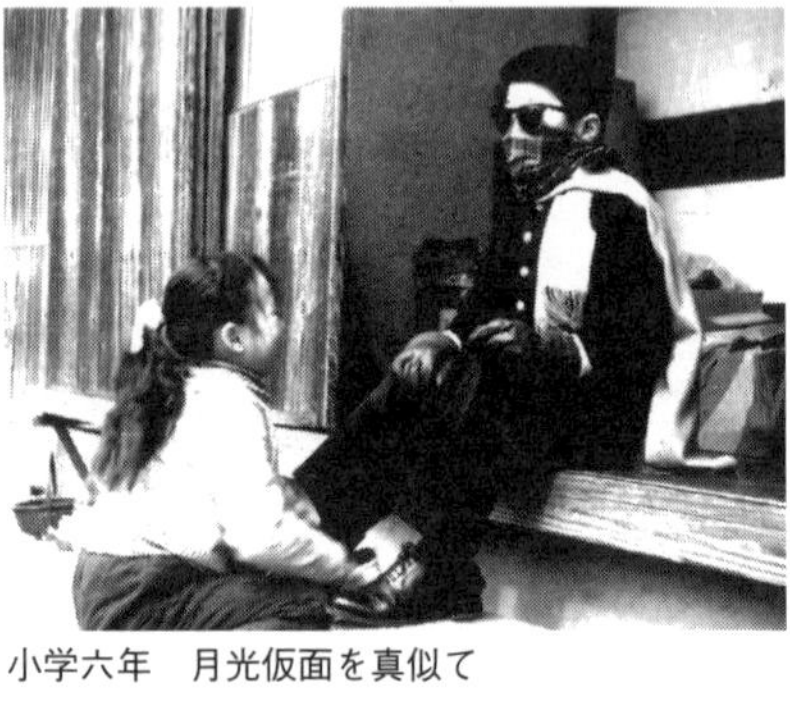

小学六年　月光仮面を真似て

の話をし、石原裕次郎と握手したことや、力道山の試合を見て来たなど、十日はたっぷり嘘をつき続けたような気がする。友達はそれでも嘘とは気付かなかった。（中略）東京ではすべてがかなうと皆も思い込んでいたのだ。（エッセイ「はじめての上京」）

上平沢小学校最後の思い出は、六年生の学芸会である。脇役の経験しかない克彦が、「ベニスの商人」の重要な役に抜擢された。高利貸のシャイロックである。張り切って台詞を覚え、本番は大成功に終わる。借金のカタに相手の胸の肉を切り取ろうとするクライマックスは、特に盛り上がった。革ブーツの靴底で憎々しくナイフを研いでみせるアドリブが喝采を浴びたのだ。「私を演劇に目覚めさせた一番のきっかけである」と、克彦はエッセイに書いている。

岩手中学時代

昭和三十七（一九六二）年、来るべき医大受験に備え、高校まで一続きになっている盛岡の私立岩手中学校へ入学した。汽車通学に憧れていたが、子供には大変だろうと、再び祖父母の家へ。平日は盛岡に暮らし、週末は紫波で過ごすのである。

学校は男子校で丸刈りが規則だ。入学式の前日、近所の床屋に連れて行かれた。バリカンを手にした主人に、「坊っちゃんの髪は、いい艶をしてるね」と言われた途端、切るのは嫌だと大声で泣き出す。

克彦は極端な偏食家である。好きな食べ物はトンカツ、カツ丼、カツカレー、スパゲッティ、コロッケ、それにタマゴと高カロリーなものばかり。母は偏食を徹底的に治すべく、祖母に嫌いな食べ物のリストを密かに渡していた。

結構楽しい生活だったが、食事だけは辟易した。ほとんど毎日と言って良いほど嫌いなおかずが並ぶのだ。

「お前はニンジンが好きかい?」

「うーん。食いたくないナ」

うっかり返事するとその夜からニンジンが食卓に並ぶ。（中略）

「ほうれん草はどうだっけ?」

「あれは好きだよ。大好物だ」

祖母のやり方が分かったぼくの返事は巧妙になる。しかし、向こうの方が上手である。

「好きなものはどんどん食べなさい」

最低一カ月はほうれん草地獄が続くのだ。

（エッセイ「祖母の作戦」）

仕方なく祖母の前だけでは我慢して食べたが、それでも偏食は治らなかった。

岩手中学では先輩に勧誘され演劇部を選んだ。「ベニスの商人」の記憶はまだ鮮明で、舞台に憧れる気持ちがあったのである。

中学一年　小岩井農場で友人たちと　右から五人目が克彦

学校の帰り道に貸本屋があり、すぐ常連となる。贔屓の漫画家は水木しげる、さいとうたかを、楳図かずお、白土三平など。

> 小柄で太ったおばさんが店の主人で、いつも白いエプロン姿で狭い店の真ん中に正座していた。だれに対しても優しい応対をする人だったが、なにしろ私は毎日顔をだす常連である。（中略）劇画の短編雑誌が入荷すると、必ず一冊だけは客に貸し出さず残して置いてくれた。（中略）おばさんは私を決して子供扱いはせず、客の一人として大事にしてくれたばかりか、店の顧問のような役割も任せられた。（中略）狭い店の畳の上に座ってジュースを御馳走になりながら新刊リストを点検している私を、同世代の少年たちは羨ましそうに横目で見ていた。あの当時の少年たちの夢は貸本屋の子供に生まれることだったのだ。
>
> （エッセイ「懐かしきおばさん」）

ある日、「商売をやめるから本を好きなだけあげる」と告げられた。大喜びでリヤカーを借り、山のように積んで家へ運んだ。おばさんは重い病気を患っていた。子供のいないおばさんは、克彦を実の息子のように思っていてくれたのだ。

> それから二ヵ月も過ぎた頃だったろうか。店のカーテンが開かれているのを認めた。（中略）中には若い女性がいて、本の取り片付けられた棚を掃除していた。私は真っ先におばさんのことを訊いた。
>
> 「死んじゃったわ」
>
> 彼女はおばさんの姪だった。（中略）目を瞑ると白い砂利道の突き当たりにあったおばさんの店が浮かんでくる。足音でおばさんは私に気づきガラスの向こうから微笑んだ。新刊が届いてい

ると手に取って振った。

――おばさん……オレ、マンガ家にはなれなかったけど、似たような仕事をしてるよ――

それだけは言いたかったような気がする。

（エッセイ「懐かしきおばさん」）


岩手中学には文学好きの先生がいて、太宰治の『走れメロス』だとか武者小路実篤の『友情』といった本を熱心に勧められた。どれもがピンとこなかった。つまり自分は本当の文学好きではないんだな、と思った。豊富な読書歴を持つ克彦が、そう感じたのも妙な話である。中学の授業では健全な作家しか取り上げられないし、克彦も文学者とは、そういう人たちを指すのだと信じていた。自分が読む怪奇小説などは、単なる暇潰しの娯楽読み物であって文学などではない、と思い込んでいたのである。

中学二年になって、学内誌の編集を手伝うよう命じられた。初めは随分と張り切っていたらしく、ある号に「青森のキリストの墓伝説」とか「日本のピラミッド伝説」といった派手な予告を載せている。予告だけで執筆には至らなかったもののオカルティズム、ＵＦＯ、超古代史といった要素が、既に興味の中心を占めていたのだ。

中学二年　母、弟と

同じ年の冬、生まれて初めて生霊を見た。父方の祖母の実家、沢内村碧祥寺でのことだ。寺には小さい頃から、よく遊びに行っていた。高原にある寺なので、夏ならば釣り、サイクリング、テニス、水泳、冬ならばスキー、スケートが楽しめる。その冬は学内誌の仲間二人を誘った。沢内村は県内有数の豪雪地帯であり、本堂の庇まで積もることもあった。雪にトンネルを掘って遊んだ後は、学内誌に掲載するため親戚の住職から民話を聞いて過ごす。

泊まる部屋は納戸の上に用意された。聞いたばかりの民話を原稿に起こす作業に飽きて雑談していると、階下から物音が聞こえた。もう真夜中である。泥棒かと思って、恐る恐る様子を覗きに行った。するとと納戸の床に老婆が座っている。

(老婆は)「寺に預けてある着物が気になってお邪魔しました」と言った。それで納得がいった。年寄りは朝が早い。それに寺はいつでも戸を開けて客を受け入れる。(中略)翌日の朝、それを伝えると住職は、「ああ、それはあそこのご隠居さんだ」と頷いた。町の病院に入院中で、危ないらしい。(中略)病院に電話をかけて様子を確かめた。(中略)「ばあちゃんが変なことを朝に言いましてな」。家族は住職に説明した。「昨夜、着物が気になって寺を訪ねたと言ってるんですわ」。(中略)「ご隠居さんは生霊だった」。電話を切って住職は私たちに報告した。

(エッセイ「着物を見にきた老婆の生霊」)

演劇部がやたら忙しくなり、学内誌の活動から次第に遠ざかった。男しかいない演劇部ではレパートリーも限られている。出来合いの脚本を探しても、少年院や軍隊が舞台の暗い話しかない。そこで高校生の部員がオリジナル脚本を書くのが伝統となっていた(部の大先輩には岸田國士戯曲賞を受賞した秋浜悟史がいる)。

ところが、克彦の入部した辺りから、高校生部員が一人減り二人減りして、中学三年になった頃には全員いなくなってしまった。仕方なく脚本を書く順番をジャンケンで決めることにした。負けたのは克彦である。生まれて初めて創作に取り組んでみたが、意外とスラスラ書けた。

A「面白いやつだったね」

B「ああ、本当に愉快なやつだった」

C「やっぱり失恋か」

D「そうなんだろう。あいつ、いつも俺に言ってたもんな。今度の彼女は綺麗だぞって」

(略筋)あいつが自殺した。五人の友人が集まり、あいつについて語り合う。そして、あいつが何を思いどう生きていたか誰も真剣に考えた事がなかったと気づく。五人は本当の友情とは何かを自分自身に問いはじめた。

A「あいつだって死んで初めて本当の友情を知ったんだ。みんなは今あいつに済まないと思っている。なんとか早くあいつの気持ちを知りさえすればなんて考えている。それで充分なんだ

弁論部にも入り弁舌をふるう

よ。この事によってあいつは、俺たちの胸に一生涯の親友というイメージを刻みつけたんだ。俺たちとしても誇りに思わなくちゃいけないし、彼としてもこれほどの事はないんだ。彼は死んでしまった。けれど彼の純粋な物の考え方は、俺たちのグループに接着剤として残っている。彼の思い出がある限り、このグループは離れられやしないし、裏切りやしない。それでいいんだよ」

C「うん、そうだよね」

D「あいつも喜んでくれるよ」

B「……あいつに済まない」

E「それでいいんだ、それでいいんだ」（戯曲「あいつ」）

四百字詰原稿用紙で二十枚ほどの短い作品だが、本人を登場させず友人たちの会話から〝あいつ〟の姿を浮かび上がらせる技巧が、なかなか心憎い。学内で上演された時も好評だった。

自分の頭の中で拵えた世界が、スタッフと役者によって肉付けされ、大勢の観客がそれに喝采する。すっかり病みつきとなった。

「あいつ」には克彦自身、友人Aの役で出演もしている。舞台特有の大げさな身振りを恥ずかしがって、随分と大人し

中学三年の修学旅行　青函連絡船で函館へ（右端が克彦）

い演技だったようだ（当人は「何気ない仕草で見せる細かな芝居が得意なのだ」と弁解している）。その後も何度か舞台に立ったが、「表現力不足」と芳しい評価は得られない。結局、脚本は全て克彦の担当とされた。

脚本家にとって一番の不安は〝作品を書いても果たして上演されるのだろうか〟ということ。上演されない脚本など何の価値もない。ボクは少なくとも、書けば上演してもらえるという安心感を持つことができた。そして、常に書かなければならないという状態に置かれていたのもラッキーだったと言えるだろう。

（十九歳の時に書いた未発表エッセイ）

紫波の自宅に戻った週末、またしても不思議な経験をする。風呂場で鼻歌を歌いながら髪を洗っていると、いきなり大きな手で頭を押さえられたのである。

五本の指の感触がはっきりと頭に伝わる。びっくりしてそのままにしていたら、掌はぐりぐりと私の坊主頭を撫《な》でて、

「大きくなったな」

と満足そうな声で言った。

家族と中学卒業の記念写真

父親だと思った。（中略）私は頭を押さえ付けられた姿勢で目を開けた。後ろにだれかが立っているのが見えた。

一瞬、寒気がした。

その相手は白い鼻緒の下駄《げた》を履いていたのである。下駄で風呂に入って来る者は居ない。わっ、と叫んで頭を上げたら掌の感触が消えた。振り向いたら、狭い風呂場の中にはだれの姿もない。

（エッセイ「髪を洗うと……、無防備な背後から」）


仮に幽霊だとしても、心当たりはまったくない。祖父の声と似ているような気もしたが、前日に盛岡で別れたばかりである。

作家になってから、大泉の母こと木下多恵子と対談する機会があった。その時、「これほど強いオーラを発している人は珍しい。名前は分かりませんが、ある神様が守護者となっていますね。普通は先祖や肉親など身近な霊がついているんですが」と言われている。

とすれば、風呂場に現れたのは、克彦を見守っている神様だったのだろうか。七歳の時、留守番中に謎の訪問者があった。あれも不安に怯える克彦を元気づけようと、神様が遣わしたと考えられぬ訳ではないが……。中学最後の年に起きた、何とも不可思議な出来事である。

岩手高校時代

昭和三十八（一九六三）年、エスカレーター式に岩手高校へ進んだ克彦は、またも生霊を目撃する。

今度は自分の生霊を、である。

入学と同時に紫波の自宅へ戻っていた。家から紫波駅まではバス、そこから盛岡までは列車での通学だった。

ある日、バス会社がストライキに突入した。ストがあるのは知っていたので、前日は盛岡の友人の家に泊めてもらった。授業が終わってもストは続いている。仕方なく紫波駅から自宅まで歩くことにした。

（大嫌いな）黄昏が迫る時刻であった。自宅までは十二、三キロある。（中略）辿《たど》り着いた瞬間ばかりを頭に描いて、泣きそうになりながら歩いた。（中略）早く家に戻って温かな御飯が食べたい。疲れ切った足をベッドに休めたい。

（家に着くと）私は勇んで玄関の扉を開けた。でてきた母は私と知って怪訝《けげん》な顔をした。

（中略）

「さっき戻ったのは、あんたよね」

全身に鳥肌が立った。私は階段を駆け上がって部屋の扉を一気に開けた。（中略）私ははっきりと見た。のんびりとベッドに横たわっていた男が私の出現に驚いてドアを振り向いた、その顔を。

それは……私だったのである。と同時にベッドの私は掻《か》き消えた。

帰りたいという強い思いが私の霊魂だけを先に帰宅させたのだろうか。

（エッセイ「家に戻ると、もう一人の私が……」）

黄昏どきは嫌いだが、少しセンチメンタルな思い出もある。

入学してすぐに好きな女の子ができた。女子高の生徒である。美人の誉れ高く、市内の高校生なら誰でも名前を知っている存在だった。別に付き合っていたのではない。克彦の高校と彼女の高校の演劇部が合同公演した際、知り合いになっただけである。

お寺の壁に二人の名前、傘を中央にサチオと良子……そんな歌詞の「サチオ君」という、いしだあゆみの歌が流行っていた。克彦も白い壁に思いの丈をぶつけたくなった。彼女の家の近くには大きな寺がある。自転車で寺へと向かった。


白壁は夕日を浴びてオレンジ色に染まっている。（私は）人通りがなくなるのを待っているのだ。前にも後ろにも人影がない。（中略）ポケットから用意してきたマジックインキを取り出すと、自転車を壁に横付けして、○○さん好きです、と一気に書いた。（中略）その道は彼女の通学路のはずだった。自分の名前はさすがに書けなくて、Kというイニシャルだけに止めた。

（エッセイ「耳の記憶」）


寺の壁は市の文化財とも言うべき由緒あるものである。近所で誰の悪戯かと噂になった。彼女はさすがに克彦の仕業と気づいたらしく、迷惑だから二度と声をかけないで欲しい、と告げられる。失恋の痛手を忘れるため、しばらくの間、克彦は脚本執筆に打ち込んだ。


（万年筆は）作家気取りで極太字のものを用いていた。インクの乾きが悪いので私のYシャツの袖口は黒いインクでいつも汚れていた。それが自慢でもあったので、女の子の前ではしょっちゅう袖をたくしあげていた。

（エッセイ「心の支え」）

毎日、万年筆を原稿用紙に走らせるうち、小説も書いてみようかと思い付く。作中のヒロイン役に選んだのは克彦の永遠のアイドル、ミコちゃんである。ミコとは当時人気絶頂の歌手・弘田三枝子の愛称。中学時代からのファンで、生まれて初めて買ったLPレコードも彼女のデビュー・アルバムだった。

> （アルバムは）叔母に買ってきて貰った。発売日が分かっていたので、病気を装って学校を休んだのである。学校に行けば授業の終わる午後まで待たなければならない。なんとしても早くレコードが聞きたかった。（中略）学校を休み、ぬくぬくとした布団の中で聞くミコの歌にとてつもない恍惚を覚えた。
> （弘田三枝子コンサートに寄せた文章より）

愛好熱は高まる一方で、高校時代にはファンクラブの岩手県支部長もつとめていた。盛岡とその近郊で開催されたコンサートは全部見ている。特に盛岡市立体育館でのリサイタルは忘れ難いそうだ。

> 私たちファンクラブは一番前の席に陣取ってテープを握り締めていた。あの、幕が上がってミコが登場するまでの興奮は一生忘れない。ライトに照らされた白いドレスが、まるで天女のはごろもに感じられた。ファンクラブの岩手県支部の会員は十二、三人に過ぎなかったが、リサイタ

高校一年　弘田三枝子との記念写真　右上が克彦

ルを終えるとミコは私たちを楽屋に招いてくれて二十分ほど付き合ってくれた。外にでると一般のファンがミコの退場するのをカメラ片手に待ち構えている。ぼくたちは特別なんだ、という誇りが胸を一杯にした。

（弘田三枝子コンサートに寄せた文章より）

ボクの青春は、ミコと共に開花してミコと共に終わるのではないかと、この頃では考えるようにもなっている。ミコはボクに愛を教え文学に導いてくれた。文学とは何の関係もないはずだと思うだろうが、ボクにとってはそうではない。何故なら、ボクはミコに傾注するあまり、ミコとボクの連帯感を作りあげようとして、生まれてはじめて小説というものを書いたのだ。（中略）「ミコとデイト」は、いかにも十六歳の作品らしく初々しいペンタッチで描かれた実名小説であった（この初々しい云々のところは下手糞なという言葉と同義語であるぞ）。坂本九とか、クレイジーキャッツとか、中尾ミエとか、湯川れい子とか、その当時のポピュラー界を賑わせていたスターが続々と登場する。（中略）ボクはミコをモデルにして小説を書いたお陰で創作というものに興味を持ちはじめ、現在に到っている。

（十九歳の時に書いた未発表エッセイ）

ここは高橋克彦の部屋である。克彦は今レコードを聞いているところだ。え、なんだって。それじゃ、これを書いているやつは一体誰だって？　そんな事はどうでもいいんですよ。話が分かればそれで。

今は一九六四年二月五日。克彦の崇拝する愛しのミコちゃんの誕生日である。それで彼は「ミコ生誕記念」と何やら大袈裟な文句を書いた紙を壁に張り付け、たった一人でミコの誕生日を祝っているわけなのである。

「ミコちゃんの歌、いつ聴いてもいいなあ。この迫力このパンチ、他の歌手なんて馬鹿みたい。しかし、俺がこんなに好きなのに、なんでそれがミコちゃんには伝わらないいんだろう。テレパシーとかで分かりそうなもんじゃねえか。頭にきちゃうよ。あ、ミコちゃんごめん。怒らない怒らない。愛するミコちゃん、許し給え、アーメン」

（小説「ミコとデート」）

熱狂的ファンの克彦が東京へ行き、紆余曲折の末めでたく弘田三枝子と出会い歌までプレゼントされるという能天気な小説である。憧れのアイドルと、せめて空想の世界で親しくなろうとする、何ともいじましい気持ちが執筆の動機だ。当時人気の芸能雑誌『明星』などに見られた戯作調の文体を取り入れるあたり、高校生離れした達者さではあるものの、直木賞作家の記念すべき処女小説が「ミコとデート」とは……。

高校二年　演劇部の仲間と　前列右端が克彦

——遂にベールを脱いだ処女作！　当時十六歳になったばかりのボク、本当に阿呆だったんですねえ、その原稿を三十年以上も大切にしていた自分って……。今読み直すと殆どガマの油状態。冷や汗タラタラの連続である。ご都合主義の最たる展開で、私がもしこの原稿を持ち込まれたら「絶対物書きにはなれないよ」と一発で突き返してしまう。ミコちゃんへの思いは伝わるが、自惚れといい加減さが目に余る。こんなやつが現在、小説を書いているわけだから世の中なんて大したことない。人間、誰でも努力すれば違う未来があるという実例みたいなもの。今書くことが苦手な人でも二十年も夢を捨てなければなんとかなります。（ファンクラブ会報に寄せた文章）

高校二年の春、演劇部の部長となる。高校には文芸部があったので、そこにも所属した。部員たちは同人誌を作り、他校の文芸部と交流していた。怪奇小説とか谷崎潤一郎の変態的な小説ばかり読んでいた克彦は、まっとうな文学論を戦わす彼らに引け目を感じた。自分の趣味を知られたら馬鹿にされるか、気味の悪い奴だと言われるに違いない。自分が文学好きとは思わなかったし、人に読書が趣味だなどと話したこともなかった。

（ところが）ほかの学校の文芸部の連中とたまたま会って話したときに、ぼくが谷崎だとか、泉鏡花だとか、あるいはその当時すでに鶴屋南北も読んでいましたから、そういう話をすると、文芸部の連中がびっくりするわけです。「あなた、すごく本を読んでいるんだな」と（中略）ああそうか、本ってそういうものかと初めてわかった。（中略）おれもけっこう小説を読んできたんだなと、あのときの衝撃はかなりありました。（語り下ろし『小説家』）

夏休みには碧祥寺の本堂を合宿場にして、文化祭で公演する芝居の稽古に励んだ。草深い田舎の寺である。夜は退屈で仕方がない。場所が場所だからと、百物語を提案した。蠟燭を灯して一話語る毎に一本ずつ吹き消すという本格的なものではない。学校の怪談のような稚拙な話を順番に話すだけである。話の種が尽きた頃、時計の針は深夜の一時を回っていた。


本当の怪異は、それから起きた。

　夏なので本堂の扉は開け放たれていた。そこから寺の山門が見渡せる。（中略）山門の屋根の下に真っ白な浴衣を着た男が立っていた。（中略）白い影はすうっと左右に揺れて山門の左扉の陰に姿を消した。（中略）仲間の一人が堪らずに立ち上がると本堂の階段を駆け降りた。（中略）「だれもいねぇぞ」。（中略）その騒ぎに親戚である寺の住職が起きだしてきた。（中略）住職はなにごともない顔で頷くと、「もう少しすると連絡が入るだろう」。そう言って戻った。つまり死者が寺へ挨拶にきたと言うのである。（中略）一時間もしないうちに現実となった。（中略）入院していた老人が少し前に亡くなったという知らせが寺に寄せられたのである。

（エッセイ「十人が見た白い影」）


恐怖におののく克彦たちが、その夜一睡も出来なかったのは言うまでもない。

演劇活動の傍ら弁論部の部長も兼任する。折しもベンチャーズ・ブームでバンドを組むのが流行した。早速、ウィッチクラフトなるバンドを結成し、コンテスト出場を目論む。が、演奏のあまりの下

仲間とバンドを結成

手さにバンドはすぐ潰れた。歌には自信があったので、全国歌謡選手権の番組に応募するも、県予選であっさり落選。かなり本気で歌手になろうかと考えていた夢は、そこで消えた。もっとも本当の夢は別なところにあった。

DJこそが青春時代のわたしにとっての夢だった。作家になりたい、とか、役者になりたい、あるいは歌手、マンガ家と私の夢はころころと変わったが、一貫してあったのはやはりDJである。深夜放送の全盛時代で、パーソナリティと呼ばれたDJは若者にとって一番の憧れだった。好きな音楽を流し、勝手なおしゃべりをして真夜中を過ごす。なんと自由な生き方なんだろう、と羨望した。（エッセイ「青春時代にご案内」）

DJ気分を味わいたいがため、頻繁にレコードコンサートを催した。レコードコンサートといっても、若い読者にはピンとこないだろう。当時、レコードは高価で、ラーメン一杯六十円の時代に、LPは千五百円もした。ましてステレオなど高嶺の花。貧弱な音しか出ないポータブル電蓄で聴くのが普通だった。

（弘田三枝子ファンクラブの）関係から彼女の新曲が発表されるたび、市内の喫茶店やミニホールを借りてレコー

歌手のブレンダ・リーとの記念写真

ドコンサートを開催していた。（中略）二十歳前後の若者でステレオを所有している数は百人に一人もいなかったのではないだろうか。（中略）だからこそ本物の音に渇望して多くがレコードコンサートの会場に足を運んだ。（中略）いい音が聴きたいと思って集まる人間ばかりだからレコード店や電器店にとっても宣伝の絶好の機会となる。高校生の主催するレコードコンサートでも喜んでスポンサーとなってくれた。学校の文化祭でもレコードコンサートは集客イベントの花形だった。

（エッセイ「青春時代にご案内」）

弘田三枝子、ビートルズ、プレスリー、加山雄三、ブレンダ・リー……。高校時代にざっと二十回近くは催している。ある時は来場者プレゼントとして、弘田三枝子のサイン入り下敷きを大量に用意した。本物がそんなに揃えられる訳がない。実はこれ、サイン色紙の上に透明な下敷きをのせて書き写したもの（だから今でもそっくりにサインが書けると自慢している）。また別な時には、自腹を切って日本プレスリーファンクラブの会長をゲストに招いたりもした。

本人は否定するが、親しい同級生の証言によれば、高校生の克彦は紛れもないプレイボーイだったとか。医者の父から小遣いをタップリ与えられ金回りがいい。ハンサムではないが、かなり痩せていて精悍な顔立ちと言えなくもない。演劇部の座付作者として文才を発揮し、派手なイベントの中心人物でもある。高いレコードを平然とした顔で買いまくり、喫茶店では常に仲間の勘定を払った。男子校の癖に、いつもそこそこ可愛い女の子と付き合っているのも憎いところだ。まさに青春の黄金時代である。

けれども本人の告白によれば、これは全て見せかけのポーズであり、かくありたいと願った姿を演じていただけなのだ、という。つまり金持ちのお坊ちゃんで、輝かしい才能に恵まれ、かつ女にも不自由していない超高校生というイメージである。

確かに小遣いは普通の学生より多かったが、べらぼうな額ではない。友人の前で散財した分、裏では随分いじましく節約をしていた。ガールフレンドとも最後の一線を越えたことはない。せいぜい勇気をふるって軽くキスするのが関の山。酒も煙草も、まだ経験していなかった。

ある時期から、酒にも煙草にも手を出して立派な不良学生になるのだが、それには理由があった。演劇青年なる人種は反社会的で不真面目である（または、でなければならない）。だから日常でも一般人と違う振る舞いをする（または、しなければならない）。演劇部の先輩たちは、学内でわざと煙草を喫ってみせたり、稽古場にウィスキーを持ち込んで後輩に飲ませたりと、正しい演劇人の在り方を示した。

負けじと克彦も、変人じみた行動を取り始める。雨が降れば必ず学校を休んだ。翌日、教師から詰問されたら、傘がなかったとか、長靴を持っていないとか答えて煙に巻く。冬場は教室内で登山用の固形燃料を燃やし暖をとった。昼休みにはカツ丼を出前させ、下級生たちが見守るなか悠々と平らげ

友人たちと　左端が克彦

る。

それでも酒と煙草だけは拒否していた。別に潔癖だったからではない。酒はともかく、煙草は小学五年の時、試しに喫っていた。むせるどころか、最初の一服で陶然となった。こんな気持ちいいものが世の中にあるのか。それがブレーキとなった。一度喫い始めたら完全な常習者になると思い、二十歳までは我慢しようと決めていたのだ。

身体検査の時である。（中略）私のクラスは歴史の教師が受け持った。博識で私が常日頃尊敬していた教師であった。その教師も私を可愛がってくれていた。パンツ一つになってその教師の前に立つと（中略）「ビール腹だな。それに歯もヤニで黒いぞ。他の先生には知られないようにしろよ」と笑顔で囁いたのである。眩暈《めまい》がした。この先生にそういう目でずうっと見られていたのか、と知って悲しかった。

（エッセイ「はじめてのたばこ」）

確かに軟派を装い、反体制的で不真面目な演劇青年を演じてはいたが、それは平凡さを嫌っての演技でしかない。なのに酒も煙草も平気でやるワルだと先生は思っている。

その夜から私は酒もたばこもやる人間になった。ヤケからの行動ではなく、誤解されたままでいる方が辛くなったのだ。先生のために、私は酒もたばこもやる人間になってやろうと決心したのだ。一本目はやはり勇気がいったが、その時もなぜか煙はすうっと肺に入り、何年かぶりかの恍惚を味わった。それ以来たばことの付き合いが続いている。

（エッセイ「はじめてのたばこ」）

禁を破った勢いで、万引きまで経験する。悪友に手を貸せと誘われ、断れなかったのだ。その友人の前では慣れたフリをしていたが、ここまでやる必要があるのかと内心、泣きたい思いだった。

（楽器店の）暗い店内を如実に思い出したぜ。あのレコードがかかっているときに不良仲間の山下が店の親父の目を盗んでベンチャーズと舟木一夫のLPを万引きした。俺はジャッキー・デシャノンのLPをレジに持って行って親父さんの目をごまかしたんだ。店のカウンターにゃ英亜《はなぶさあ》里《り》のポスターが貼られていた。

（小説「針の記憶」）

そのうち雨が降らずとも、ちょくちょく学校を休むようになった。本屋やレコード店を回り、映画館をハシゴした。合間に喫茶店でお茶をする。市内の喫茶店を制覇しようと決め、数カ月ほどで達成。もりおか喫茶店マップなるガイド地図を自作して悦に入った。特にお気に入りは「白鳥」という盛岡唯一の名曲喫茶である。

盛岡の町に名高い名曲喫茶があった。吹き抜けの大きな店で、二階部分のステンドグラスから色とりどりの淡い明りが差し込み、まるで教会のように神々しい空間を形成していた。ビートルズ世代の私である。クラシックにさほど興味を持っていたわけではないが、その雰囲気が好きで学校をさぼっては足を運んでいた。その店の壁にいくつかのデスマスクが飾られていた。（中略）ある日、ほとんど客のいない午後に本を読んでいたら、急に怖くなりはじめた。死体に囲まれているのだ、と気付いたのである。見渡すといくつかの顔が私を見下ろしている。きっと恐怖小説でも読んでいたに違いない。寒気を感じて店を飛び出た。

（エッセイ「仏壇の中に笑っている親友の首が……」）

演劇人としてのポーズはエスカレートするばかりだった。ガリ勉は演劇人の恥だと試験の前でも一切しない。

勉強しないといっても、自宅に居ると勉強しているかしていないか、他人にはわからないでしょう。だからわざと友だちの家に行って、「勉強していなかった」という証人を作っておくわけです。勿論、友だちは勉強しています。（中略）そうすると翌日、「高橋は全然勉強してないけど大丈夫か」という話になるじゃないですか。

（対論集『だからミステリーは面白い』）

立派な演劇人たらんとする涙ぐましい努力のせいで成績はガタ落ち。入学当初は二百人中十番以内に入るほどだったのが、わずか一年後には百九十番台まで転落してしまった。

医者を継ぐつもりではいたので、サボりつつも出席日数を細かく計算して、落第しないギリギリの線は確保していた。だが、ほとんどビリに近い成績では意味がない。ガリ勉を軽蔑していた手前、今さら真面目に勉強することもならず、俺の人生はこの先どうなるのかと毎夜、不安に襲われた。

そんな時、東京の大学に通う従兄が、克彦の父に借金を頼みにきた。一年間休学してヨーロッパを回りたいと言う。話を横で聞いているうちに、生活を軌道修正するチャンスかも知れないと思った。「俺も行きたい」。そう申し出ると、このままでは息子が駄目になると考えていた父は、あっさりそれを認めた。

翌日、担任の教師に事情を伝えると、これまた「行った方がいい。残っていてもどうしようもない」と勧められる。行くと決めたものの、克彦には何の目的もない。友人たちには格好をつけて、ビートルズと会うためだと広言した。

無謀な願いだと笑われそうだが、その当時、日本でのビートルズ人気はさほどでもなかった。（中略）だからこそ会えるのではないかと大胆な願いを抱いたのだ。あの時代に高校生が海外旅行をするのは珍しい。ビートルズだってそれを聞けば面白がって会ってくれるのではないか？　しかも日本人のファンというのも滅多にいないはずである。

（エッセイ「彼らに会った日」）

昭和三十九（一九六四）年七月、克彦と従兄は日本を旅立つ。船でウラジオストックへ渡り、鉄道と飛行機を乗り継いで欧州を目指す大旅行である。心配した母は弟の木村毅にモスクワまで同行を頼んだ。

初の海外という緊張感と脂っこいロシア料理のため便秘になった。一週間が過ぎても排便出来ない。このまま放置しては大変なことになる。モスクワのホテルに泊まった時、覚悟を決めた。トイレにこもって力むこと二時間。カランと金属的な音がした。カチカチに固まった便が、ステンレスの便器に当たったのである。警棒のような形で、信じられないほど大きい。表面は艶々として、まるでオブジェだ。流してしまうのが惜しくなり、従兄を呼んで見せびらかした。

ようやく辿り着いた欧州を観光して回り、ドーバー海峡を越えロンドンに到着したのは九月の末。その翌日、ビートルズのファンクラブを訪ねた。英語は苦手なので、予め英文の手紙を用意していた。窓口の青年は手紙を読んで、

横浜港で見送りを受ける　左から叔父の木村毅、克彦、従兄の高橋雪人

わざわざ日本から来たのかと大喜び。必ず会わせてやろうと請け合った。

二日後、ビートルズが出演する劇場へ出かけた。青年が二階席の最前列に案内してくれる。場内はファンの女の子で超満員である。

（演奏と同時に）絶叫と悲鳴がはじまった。演奏が聴ける状態ではない。私も興奮して立ち上がった。私は目立つように胸に日の丸を縫い付けた赤いウィンドブレーカーを着ていた。最初に気付いてくれたのはポール・マッカートニーだった。ポールは「ロング・トール・サリー」を歌いながら私に手を振った。続いてジョン・レノンがびっくりした顔でウィンクしてくれた。

（エッセイ「彼らに会った日」）

公演が終わると、また青年が来た。ステージに上がろうと誘う。信じられない思いで付いて行く。ビートルズは女の子たちに囲まれサインをしていた。

胸の日の丸を認めてジョンは笑った。リンゴ・スターやジョージ・ハリソンもサインの手を休めて私になにか話しかけた。このときほど私は自分が英語を話せないことを悔やんだことはない。（中略）女の子たちが羨ましそうな顔で私を見詰めていた。撮影が済むと四人は私の手を握り立ち去った。一九六四年十月三日のことである。小説より凄い経験は、その日の対面以外に私には

ビートルズに会う前日　ハイドパークで

ない。こうして書きながらも、自分の幸運が信じられないでいる。（エッセイ「彼らに会った日」）

恐らく初めてビートルズに会った日本人ではないのか。残念なことには、その証拠がない。日本製のカメラは海外で人気がある。持参したカメラで記念写真を撮ったのに、フィルムごと置き引きされたのだ。克彦には石原裕次郎と握手したと大嘘をついた前科がある。それが祟り、未だに友人から疑われる、と悔しがっている。

華やかだったのはビートルズに会うまでで、その後は、ほとんど無銭旅行みたいになってしまった。（中略）向こうに着いたら車でヨーロッパをまわろうと計画していたから、ハンブルグに着いて、すぐにフォルクスワーゲンを買ったんです。「今日からはもう全然、旅費の心配はしなくていいね」と言って走っていたら、それから二時間後、ベンツにぶつかって大破したんです。（中略）フォルクスワーゲンの前が全部吹っ飛びましたよ。そして前輪がなくなって、角の果物屋に突っ込んだんです。ベンツの方もグルグルと回転して、七台ぐらいにぶつかって止まりました。（対論集『だからミステリーは面白い』）

弁償は保険で済ませられたが、車の代金までは戻ってこない。移動は車で足りるから、時には車中で寝ればホテル代の倹約にもなると、有り金を車に投じていた。父の送金を待つことにして、克彦はパリの安宿に部屋を借りた。活動的な従兄は一人でスペインに出かけるという。
出発前、二人で街を散策した。パリは時ならぬ日本ブームに沸いていた。渡欧したのは東京オリンピックが開催された年である。前の年、アメリカで「上を向いて歩こう（英語題名スキヤキ）」が大ヒット。坂本九の名はパリでも知られており、歌声がラジオから流れていた。

耳にするたび、望郷の念が募るものの、金は一向に届かない。言葉の話せぬ悲しさで、送金依頼の手紙を航空便ではなく、時間のかかる船便で出してしまっていたのである。

「明日は来るだろう」（中略）「今日我慢すれば明日は大丈夫」と思っているうちに、栄養失調になってしまいました（笑）。だって、フランスパン一本を三等分にして、三日食いつなぐといった生活なんですから。

（栄養失調になると）かゆくなって疥癬みたいなのができるんです。気力は失うし、そのうえ血の膿がダラダラと出て動けないんです。それで、ついに民宿みたいなものでしたけど、そこのマダムが、やはりお金がないと見たのでしょう。ある時期から、「信用できないから屋根裏に行け」と言われて、埃だらけの屋根裏の簡易ベッドに寝たきりの状態のまま十七日間から十八日間、じっとしていました。

本当に死ぬかと思いましたよ。

（対論集『だからミステリーは面白い』）

宿に親切なケニア人の留学生がいて時々食事を奢ってくれる。それで何とか生き延びられた。ようやく金が届いて帰国の日を待つ。海外はもう懲り懲りだと思った。トラブルはまだ続く。日本への船が出るマルセイユで同性愛者の男に迫られたり、ボンベイで乗り込んできたインド人娼婦と客の痴態を見せつけられたり……。知り合った船客が日本の雑誌を持っていて、それが災難だらけの旅に止めを刺す。

びっくりしました。（車の）事故の記事が「週刊文春」に載ったんです。「無謀な日本人」と。「こんな奴が行くから日本の恥だ」と書いてありました。（中略）とても恥ずかしかったですね。

昭和四十（一九六五）年四月、帰国して岩手高校に復学する。同級生は進級しており、一学年下の後輩たちと同じクラスになった。

（対論集『だからミステリーは面白い』）

最初いやだった。その連中は、ぼくがどういう人間かを先輩として知っていたわけなので、またとんでもない人が自分たちのクラスに入ってきたみたいな感じで、遠巻きにしているわけです。それで、いままでのようにやっていたら、もうだめだと思ったんで、急にまじめな学生になったんです。卒業するまでは学業に熱心になっていました。彼らはぼくのイメージが異なっていて、ちょっとびっくりしたでしょうね。

（語り下ろし『小説家』）

かなり頑張って勉強し、成績も入学当初の順位に戻した。自宅通学は止め、市内の友人の家に下宿させてもらった。だが、同じ屋根の下に友人がいては、つい一緒に遊んでしまいがちになる。そこで賄い付きのアパートへ移された。

前の下宿では好みを考慮して食事を作ってくれたが、今度はそうはいかない。すぐに音を上げ、母の知り合いの家に下宿を変えてもらった。その家の主婦に好きな食べ物はと聞かれ、迷うことなく玉子と叫んだ。

翌日から玉子のオンパレードである。（中略）朝には必ず二個の目玉焼き。それに味噌汁にポンと生玉子。

帰国直後　沢内村碧祥寺で

昼の弁当の蓋を開ければ、砂糖タップリの玉子焼きに玉子サラダ。その上、ポロポロと称した炒り玉子がご飯を覆っている。

学校から戻るとおやつ代わりのインスタントラーメンに玉子入り。

夕食はたいていオムレツかトンカツかテンプラ。（中略）夜食には牛乳とフレンチトースト。（中略）毎日が楽しくて仕方ない。朝から晩まで自分の好きな物ばかりで暮らすなど、生まれてはじめての経験だった。

（エッセイ「玉子が一番」）

一カ月後、恐ろしいことが起こった。体のあちこちに湿疹が出来、忽ち体中を覆い尽くしたのだ。父に電話したところ、「蕁麻疹だ。玉子を食うのは直ちに止めろ」と言われた。

今は治ったとしても、次にまた玉子を食べれば、じんましんが復活する。光り物の魚とか、貝類なら一生食べなくても平気である。けれど玉子となると話は別だ。（中略）玉子はありとあらゆる食品に加えられている。それが駄目だとなれば、私には食べる物がなくなってしまう。（中略）じんましんの痒みと必死で闘いながら、私は玉子を食べ続けた。そうして二ヵ月後には完全に克服した。（中略）それ以外に食品が体に入って来ないから、体の方で諦めて玉子を受け入れる態勢に切り替えたのだろう。

（エッセイ「玉子が一番」）

私の勝利は奇跡とさえ言われた。

玉子魔人なる渾名は、この勝利に由来する。後年、高名な皮膚科の教授と対談した折、蕁麻疹を克服した経緯を自慢した。「自殺行為です。よく死にませんでしたね」。教授は真顔で答えたそうである。

浮世絵との出会いについても記しておこう。復学した十八歳の時である。絵画好きの父は医業の傍ら、盛岡市内で画廊を経営していた。学校帰りに立ち寄り、美術雑誌を読むのが克彦の日課だった。漫画熱は相変わらずだったものの西洋美術、殊にルネサンス絵画に惹かれるようになり、将来は研究者も悪くないと夢想した。

画廊に「みづゑ」という雑誌の最新号が届いていて、それをふっと見たら、表紙に「相馬《そうま》ノ古内裏《だいり》」というタイトルで、歌川国芳《うたがわくによし》のかいた三枚続きの浮世絵が使われていたんです。それは、巨大な骸骨《がいこつ》が滝夜叉姫《たきやしゃひめ》の妖術によって出現するという話で、三枚続きの大画面のほとんど全部に巨大な骸骨が覆いかぶさっているという絵です。それを見たときに、その絵自体が物すごく近代的であると同時に、描かれている骸骨が物すごく正確にかかれているということに気がついたんです。（語り下ろし『小説家』）

病院の人体模型の手を外して学校へ持って行き、「お化けだぞー」と驚かして遊んだ克彦にとって、骸骨は身近なものだった。だから、何故こんな古い絵に正確な骸骨が描かれているのか、と疑問を覚えたのだ。

後で分かったことだが、これは何年か前に出版された「解体新書」の影響だったのである。（中略）その書物との関連が分からないぼくは永い間この謎に苦しめられた。（中略）謎を解くためには歌川国芳のことを調べなければならない。何冊か画集を手に入れてひたすら眺めた。（中略）画集をめくるボクの

高校三年　下宿先の勉強部屋で

手は震えた。ことごとくダイナミックで新しい。それはまったく思いがけない浮世絵との巡り合いだった。

（『浮世絵ミステリーゾーン』より）

浮世絵との出会いは、やがて克彦の人生を大きく変えることになるが、それはまだ先の話。

勉強に重点を置いてはいた。しかし演劇と手が切れない。高校三年になって放送劇「三つのリンゴ」の脚本を書き、演劇部の仲間に声の出演を頼んだ。勉強嫌いの少年が悪魔の誘惑に打ち勝って友情を守る、というストーリー。完成した作品は、昭和四十一（一九六六）年の岩手県高校生ラジオ作品コンクールで第一位となる。それが縁で放送局に出入りし始めた。

文化祭の仮装行列で

こうして思い出しているだけで、恥ずかしさに顔が赤らむ。厭《いや》なガキだったと、自分でもヘドがでそうだ。たかだか地方放送局の、しかも高校生だけを対象としたコンクールで優秀賞を貰っただけなのに、なんだか天下を取ったような気分になっていた。明日にでも放送の世界で生きていけるような気がしていた。そういう自惚《うぬぼ》れた子供は、大人の目から見ると嫌味に映るが、同世代の異性には眩《まぶ》しい存在と感じられる。

（小説「ささやき」）

またまた悪い癖が出た。高校生ながら脚本家としての将来を嘱望され、放送局の出入りまで許されたヨーロッパ帰りのボク、というイメージに酔いしれたのだ。

コンクールの打ち上げがきっかけで、ある女子高生と知り合う。彼女とはかなり親密な関係になっ

たが、結局は一線を越えぬまま別れた。理由は克彦の幼さにあった。童貞ゆえの潔癖さであったのだろうか。性的欲求に悶々とする自分が不潔に思えて仕方なかった。けれども彼女は真剣にぶつかってきた。すぐ何もかも許してしまうような女は遊んでいる女だ。きっと自分が初めてではあるまい。彼女の真剣さと向き合うのが怖くて、無理にそう思い込むことにした。彼女は本当に克彦が好きだった。別れてから、ようやく彼女の本心に気づき後悔した。未だに心の傷である。

高校時代最後の作品として戯曲「死神きたりて」を書く。克彦も本人自身の役で出演した。死神が死者たちを天国行と地獄行に選別している。実は本番を明日に控えた芝居の一場面なのだが、そこに本物の死神が現れて……。

A　いいかげんにしろ、いっぱしの死神きどりで、明日なんだぞ、文化祭。

B　フフフフフ。

デス　もうよさないか、気味が悪い。

B　フフフフフ。

（みんな顔を見合わせる）

B　そのうちに、私が訪ねていく事もあるだろうさ、何十年後にはね。
　誰だって一度は死ななけりゃならないからね。その時ゆっくり教えてやるさ、本当の死についてね。フフフ楽しいよ、きっと。フフフフフ。

（みんな無言）

そろそろ時間だな、私がいなくなったら、となりに寝ている青年を、起こしてくれたまえ。

（みんなの顔に不安がある）

それじゃあ、きっとまた会おうね。誰でも一生に一度、私に会う事になる。その時がどんな時かは、分からないけれど、君にとって決して重大でないとは言えないよ。今日は楽しかったよ、明日はがんばるんだね。

私かい。私は死神さ。

（戯曲「死神きたりて」）

楽屋落ちの楽しさもあって、文化祭では大受けだった。ラストに出現した死神は、来るべき受験の不安の象徴にも見える。観客の笑い声を快く聞きながら、しばし克彦はその不安を忘れていた。

第二章

十年書くのを止めなさい

——作家になるまで

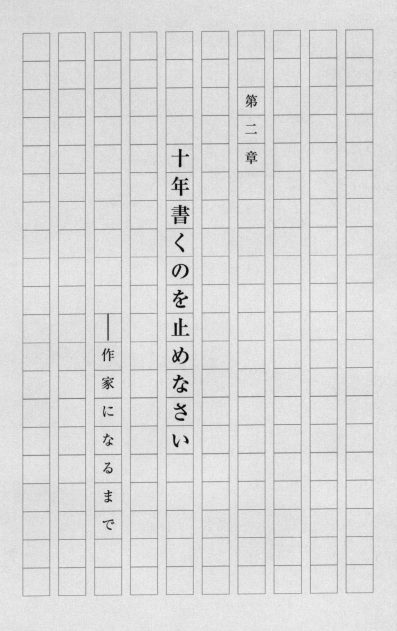

浪人生活一年目

昭和四十二（一九六七）年三月、岩手高校を卒業。医大を幾つか受験したものの、当然のごとく全滅。盛岡には、これといった予備校がなく、東京に出せば進学した演劇仲間と遊び回るに決まっている。札幌に伯父の延清が住んでいたので、そこから名門とされる予備校へ通うことになる。札幌の街の美しさと楽しさは、忽ち克彦を虜にした。予備校から足が遠ざかり、映画館や古書店をハシゴしては喫茶店に入り浸る。

そんなとき、やはり浪人していた仲間から同人雑誌をやらないかと誘いがあった。受験の息抜きに回覧形式の雑誌を作ろうというのだ。（中略）担当のところに原稿を送ると、彼がそのまま製本し、回覧順を記したものと一緒に郵送する。受け取った人間はその号の感想を同封して次の仲間に転送する。十二、三人の仲間だったので一巡するには二ヵ月ほどかかった。（中略）「異端」と名付けられたその雑誌は順調に発行され、一年のうちに十冊以上が完成した。（中略）私はほぼ毎号に短編小説を執筆した。

（エッセイ「同人誌『異端』の頃」）

卒業して座付作者ではなくなると、上演の当てのない戯曲を書いても意味がない。そこで、もっぱら小説を書くようになる。当時のペンネームは反町杜詩夫という気取った名前。好きだったプロボクサーの龍反町と、杜の都と呼ばれた盛岡、それに三島由紀夫を意識して付けた。

浪人といっても、まだ一年目で深刻さはまるでない。いつも何か書いていた。戯曲と違って小説には何の制約もないので、創作意欲に拍車がかかった。

毎日、新しいテーマを思い付いた。一日に書ける分量は二十枚ほど。一日で完成しないものは、そのまま放り出し、翌日また別なテーマで書き出した。

完成させる喜びよりも、毎日なにかを書き続けている喜びの方が勝っていた。だれのためでもなく、自分のためにだけ書いていた。読者のために完成させる気持さえなかった。日記代わりだったとも言えよう。

書き過ぎる、と批判され、文学をバカにしている、とも言われた。（中略）読み返すと、いかにも書きなぐりの印象が強い。それでも、私はあの時代が私を形成したと信じている。出来はともかく、小説を書く喜びを知らされたのだ。あの回覧雑誌がなかったなら、私は物書きになっていなかったかも知れない。

（エッセイ「同人誌『異端』の頃」）

同人誌に書いた創作を紹介しよう。小説「ポウズ」を書いたのも、芝居を離れたことと無縁ではない。演劇人は特別だとの思い込みから、高校時代はわざと奇矯な行動を取っていた。あくまでも演技のつもりである。友人たちは本当の自分を理解してくれていると信じていた。だが、実際には「え、高橋？　あいつはいい加減な奴だよ」と思われていた。自分で作ったポウズに縛られ一体、本当の自分はど

札幌へ向かう列車の中で

っちなんだろうと悩んだ。「ポウズ」のアイデアは、そこから生まれた。

他人を紹介してくれた友人のためには、決して期待を裏切らぬように、上手にふるまわなければならない。詩人として紹介された治は、努めて詩の意義を語り、自分の詩や好きな作家の詩的生活を語る。一方、クールなプレイボーイとしての治は、詩など生活の手段と言いきり、いかにしたら女の子と上手《うま》く別れられるか、とか、彼女はベッドに入るとつまらない女だった、とか、あることないことを並べ立てて陽気にふるまう。と同時に、治の背中にレッテルがペタッと貼られるわけだ。「詩のことしか頭にない真面目《まじめ》男」あるいは「詩作のかたわら女遊びにうつつを抜かす色情狂」

（小説「ポウズ」）

（「ポウズ」を）一晩がかりで書いたが、結局何の答えも見つけられずひどく空《むな》しい思いが残った記憶がある。日記代わりに気持ちを吐露した以上のものではない。ただ、十九歳の自分の偽らざる姿が確かにそこにある。

（本人談）

そうした空しさを払拭するため書いたのが「孤独なナルシス」。本当の小説を生み出そうと強い意識で取り組み、文体もガラリと変えた。これまた一晩で仕上げたが、その時は小説らしい小説を書いた充足感があったという。

ぼくの家には、よく磨かれている鏡が全部で百枚ある。でも、本当のぼくを映しだす鏡は一枚もない。百枚とも、いびつな鼻をした、醜い顔の誰かが泣きそうな目をして映っている。ああ、ぼくはこんなじゃないのに。ぼくはもっと美しいんだ。ギリシア人のようなデリカシーと、アメリカ人のようなシャープさを持ったぼくの心。
ぼくの名前はナルシス。ギリシア神話のナルシス。だから一人ぼっちなんだろうか。
孤独の海に映るぼくの姿。ほら、こんなに美しい。いつかは、本当にぼくにふさわしい鏡が見つかるだろうか。ぼくの家の百枚の鏡では、いつだって、いびつな鼻の孤独なナルシス。

（小説「孤独なナルシス」）

自分の絵の世界を大切にしてきた画家が、ある事情からお金のためと割り切って仕事をする。ところが完成した作品は今まで精魂込めて描いてきた絵と何の差もない。絶望した画家は自殺を決意する……。突然、こんなストーリーが頭に浮かんだ。何としても書いてみたい話だと思った。まだ小説の技術は未熟だし、二十枚くらいではとても書き切れるテーマではない。そこで慣れている戯曲で取り上げることにした。座付作者として高校生の役者に合わせて書く必要はない。だったら若い女を出してみよう、反対に老人も出してみよう。イメージがどんどん広がった。

K　不安、絶対、異常、ああ、俺は戦争に行きたかったなあ。あの状態こそ、本当にこの言葉が必要とされたんだから。
M　お前は、自由というものをはきちがえているよ。確かに今は自由すぎる点では不自由だ、でも、戦争という行為に美徳を感じているのは、まちがいだ。
K　いや、レジスタンスにこそ、自由の意識は生まれる事ができるんだ。抑えつけられていたからこそ、自由の本体をつかむ事ができたんだ。今の俺たちには、抑えつけるものが何も無い、それが自由だろうか。目的のない自由というのは決して存在しない。

M　お前の考え方は、ずるいよ。俺たちは、自由な現在の時点で過去を考えている。（中略）一体、お前は何に怒っているんだ。

K　やるせない日常と、俺自身に対して。

（戯曲「天使のはばたき」）

（「天使のはばたき」を）三日がかりで書き上げた瞬間、自分には小説より戯曲のスタイルがあっているなと確信した。すぐに友人を喫茶店に呼び出して読んでもらった。彼も凄く感動してくれて、コーヒーでささやかに乾杯した。自分にとってはエポック・メーキングな作品だった。大学に入ったらまた演劇を続けようとその時決心した。

（本人談）

北海道滝川市で　翌日に育子と出会う

遊び好きの馬鹿な甥を説教してやろうと、伯父が克彦を居間に呼び出した。「自分の人生だ。何をしようと勝手だが、お前の親父に頼まれたからには責任がある」。だから書いたものを見せろ、どんなものかも知らないで叱る訳にはいかない、と言う。仕方なく渡した原稿を一枚一枚、伯父は丁寧に読んだ。「誤解していた。お前は真面目にサボってたんだな」。原稿から顔を上げると、そう言って、あっさり解放してくれた。同世代以外の人間に読んでもらうのは初めてだった。尊敬する大人に認められ、内心で快哉を叫んだ。あの時の嬉しさは一生忘れられないそうだ。

札幌では恋人もできた。ある雨の日だった。傘も持たずに出かけた克彦が、何故か真っ赤な傘をさして帰宅した。「ははあ、ガールフレンドがいるのだな」と伯父夫婦は察した。

出会いは予備校仲間と遠出した帰りの列車でだった。車中にいたのは克彦たちと見知らぬ可愛い女の子が一人だけ。心惹かれるものを感じ、思い切って声をかけた。付き合い始めてから、家へ遊びに来た彼女を見て、「まだ若いのにしっかりした子だ」と伯父夫婦は好感を持った。この女性、市川育子が後に生涯の伴侶となる。

浪人生活二年目

演劇からは離れていたが、小説にのめり込み過ぎて、また も受験に失敗。昭和四十三（一九六八）年四月、札幌生活に見切りをつけ紫波の自宅へ戻る。小さな本屋が一軒あるだけの田舎町ならば、予備校に通わずとも勉強に専念できるだろう、との両親の判断である。

その判断は甘かった。生原稿の回覧だけでは物足りなくなった克彦は、タイプ印刷の本格的な同人誌『青塔派』を同じ年の七月に発刊する。先に出した『異端』に対して、正統という洒落である。

紫波の自宅で『異端』の同人と

自宅に集まった同人仲間と、誌面の相談をしていたところ、誰かが窓の外を指さして部屋を飛び出した。「UFOだ、UFOが飛んでいる」。残った仲間も慌てて後を追う。カメラを持っていた一人が、空に向け夢中でシャッターを切る。UFOはさっさと飛び去ったらしく、目撃したのは最初に声を発した男だけである。何かの見間違いだろうと言いながら、皆は部屋へ戻ったのだが……。

昔の写真のネガを整理していたらUFOが写っているのを発見したんですよ。（中略）連続して何枚か撮ってくれている中の一枚だけが構図がずれてたんで、おかしいなと思って、ビューアーにかけて拡大してみたら、なんと空にUFOが写っていたんです。（中略）びっくりして家内やみんなに見せまくったんですが、どう見ても完全にUFOだね。

（エッセイ「あれっ？　UFOが写っている」）

友人がUFOを撮影

以後も克彦の周辺にUFOは出没し続ける。作家になった克彦が取材で早池峰山に登った時もそうだ。頂上で記念写真を撮った。現像してみると、遥か頭上にUFOがしっかり写っている。早池峰山に怪しいUFOが現れたという小説の原稿を編集者に渡したばかりだった。まるで監視されているようではないか。気になって専門家に写真鑑定してもらうと、ほぼ間違いなく本物と言われた。

今も住んでいる盛岡の家の庭に、縄文好きの克彦が作らせた本物そっくりのストーンサークルがある。その真上にリング状の小さなUFOが浮かんでいるのを、隣人が目撃したこともあった。だが、UFOに人一倍興味があり、小説に何度も登場させているにも関わらず、当人は未だに自分の目で見ていない。

最初のUFO騒ぎからしばらく経って、弟の親友のF君が訪ねてきた。弟が留守と知ると、ひどくガッカリした顔をする。F君は仙台の自動車会社の面接に行くところだった。就職したら地元を離れるので、それを告げるため来たのだ。

その夜。部屋中を散らかしていた私は、留守を幸いに弟の部屋のベッドに潜り込んだ。二時頃だと思う。いきなり部屋のドアが開いた。私は壁に顔を向けて寝ていた。（中略）こんな時間に起こすのは母親しかいない。睡魔に襲われていたので私は無視していた。すると私の背中を乱暴に揺らす。電話に違いない。こんな時間に非常識なやつだ。

「電話なら明日にしろって伝えてよ」（中略）

ベッドの脇に白い柱のようなものが立っていた。私はそれを母親のエプロンだと思った。（中略）フッとその白い柱が部屋を出て行った。バタンとドアが閉じられた。私はまた眠った。

（エッセイ「F君との付き合い」）

翌朝、夜中の電話は誰なのかと訊ねたら、母は不思議そうな顔をした。電話などなかったし、起こしにも行っていない、と答える。その時、電話のベルが鳴った。受話器の向こうで弟が泣いている。面接を済ませたF君が夜行列車で帰る途中、事故に遭って死んだのだ。死亡時刻は夜中の二時頃。

――ゾゾッと寒気がした。あの白い影はF君だったのだ。弟に会えなかったので、また訪ねてきたに違いない。弟の部屋に入ったら私が寝ていたというわけである。F君は失望して戻って行った。

（エッセイ「この世に幽霊はいる」）

そう思うと哀れさがつのった。

夜行列車は混み合っていて、F君はどこにも座れなかった。恐らく新鮮な空気を吸おうとデッキに出たのだろう。その時、列車が揺れて車外に放り出されたらしい。線路脇に立つコンクリート製の里程標にぶつかり、即死だった。

これが五年間にわたる不可思議な出来事の発端である。次にF君が現れるのは三年後となる。

浪人というのは何も先が保証されていませんね。（中略）五年浪人したら立派だから東大へというのだったら頑張りますけど、何年頑張っても保証がないわけです。そうすると、結局、自分自身のアイデンティティというか、自己の確立ができないんです。どんなに頑張っても、来年また落ちるとゼロに引き戻されてしまうというのがあって、それがすごい不安だった。

（対論集『だからミステリーは面白い』）

メモ程度のものであれ、本を読んだ感想に近いものであれ、原稿用紙を最低でも五、六枚は文字で埋めないと不安で眠れない。（中略）浪人なら浪人らしく、参考書や問題集と取り組んでいればいいのだが、私は勉強そっちのけで朝から小説を読み、映画館をはしごし、喫茶店の片隅で小説のアイデアを考えてばかりいた。

（エッセイ「私の修業時代」）

浪人中に読んだ小説の数は半端ではなかった。何でも手当たり次第だった。同人誌仲間に勧められ吉行淳之介や安岡章太郎など、いわゆる第三の新人の作品も読んだ。立原正秋には傾倒して、かなりの影響を受けている。
　盛岡へ出かけると、大学の休みで帰省した同級生とも再会する。彼らは東京での活気あるキャンパス生活を得々と語って、浪人の克彦に疎外感を味わわせた。それに負けまいと、予てより興味を覚えていた浮世絵に一層打ち込む。

　同級生が盛岡に戻ってきて、喫茶店なんかで会っていると、浪人だと冷たい目で見られるわけです。そのときに「豊国《とよくに》だとか国貞《くにさだ》は面白いね」というと、友だちがびっくりするわけです。それで、ただの浪人生じゃない、と対等のつき合いをしてくれるということがあったんです。

（語り下ろし『小説家』）

　見栄っ張りで思い込みの強い克彦らしい考えである。大学生相手に浮世絵の話を捲し立てたところで、単なる変わり者としか思われない。だが、この頃の克彦は小説と浮世絵に没頭することで、浪人生というハンディキャップを忘れようとしていたのだ。
　そんな時、演劇部の後輩が訪ねてきた。学外で独立公演を打つので脚本を書いて欲しい、との頼みだ。浪人中の先輩に依頼をするのもどうかと思うが、克彦は引き受けた。また自分の書いた芝居が上演される。その喜びが受験の心配を上回ったのだ。
　こうして生まれたのが、それまでの戯曲の集大成だという『聖夜幻想』である。克彦の小説に繰り返し現れるモチーフ（輪廻転生、幽霊、母親殺し、そして自分が人間とは別種の生き物であることに気づく、等々）が既に見られる点で興味深い。

男　地獄じゃ、地獄じゃ、地獄の責め苦は針千本。刺す針多くてまだまだ残る。残った針は舌

に刺す。地獄じゃ、地獄じゃ、地獄の責め苦はなます斬り、一寸きざみに五分きざみ。きざんだ肉は鬼が食う。

若者　あの……すみません。（中略）ここはなんという場所ですか？（中略）教えてください。

男　地獄。（中略）ここは地獄の賽の河原じゃ。浮かばれぬ霊の溜まり場じゃ。

若者　浮かばれない……

男　賽の河原じゃ。

若者　賽の河原……だったら！

男　地獄じゃ、地獄じゃ。（中略）地獄の責め苦は逆さ吊り、足を吊して血を絞り、地獄の鬼が啜《すす》り飲む。地獄じゃ、地獄じゃ、地獄の責め苦は血の池巡り、飛沫《しぶき》で汗も赤くなる、鬼と変わらぬ色となる。

若者　賽の河原……浮かばれない魂……あ、おかあさん、おかあさんが……もしかすると……そうだ、きっとそうかも知れない。おかあさんがここに……

（戯曲『聖夜幻想』）

リアリティはあまりないが、自分の好きな要素ばかりで構成できたので気に入っている。主人公は最後に死んでしまうが、生きる事の本当の意味を知った人間はもう死んでもいいんだ。我々は意味を知らないから生き続けなければならないけど、気がついたら死んでもいい。それでも幸せなんだと思っている。この気持ちは今でも変わらない。

（本人談）

浪人生活三年目

昭和四十四（一九六九）年一月二十六日。県公会堂大ホールで「聖夜幻想」の幕が開いた。主役はほぼ出ずっぱりで、膨大な台詞をこなさなければならない。昼の部では、その主役が台詞を忘れ、何度も立ち往生。もう役を降りたい、と弱音を吐く。必死で説得して夜の部も続けさせた。自信作だったが、悲惨な結果で幕となった。

公演後、転機が訪れる。「お前は医者になるのだ」と言われて育ったので、医大を目指すことに疑問はなかった。好きな芝居についても、医者になってから地元劇団のパトロンでもやればいい、と思っていた。知り合いには五浪中の男もいる。一浪二浪は当たり前。医者になるという気持ちさえ持っていれば、いずれ試験のヤマが当たって合格できるだろう。大体、人生の最も大事な時期を勉強だけに費やすなんて耐えられない。読みたい本、見たい映画は山ほどあるし、書きたい小説や芝居のアイデアも次々浮かんでくる。友達との付き合いだって欠かせないのだ。

ところが、家族や親戚には私の考えが通じていなかった。ほとんど毎日本ばかり読んで暮らしている私を見て、家族は私が受験を拒否していると深読みしたのである。（中略）二つ下の弟は文科系の大学を志望していたのだが、私の様子を眺めているうちに、不本意な道を強要されている兄貴が気の毒になったらしい。（中略）（弟が）「来年からは医学部を目指す」と宣言した。「だから、兄貴は自分の好きな道を進んでくれ」。（中略）両親も頷いて弟の決断を喜んだ。これで跡

継ぎができる。母親などは嬉し涙を溜めて隣りの部屋に駆けていく。（中略）途方に暮れた。好きな道を選べと言われても、私にはそれがなになのか見当もつかない。生まれてこの方、医者の道しか考えたことがなかったのだ。芝居や小説は好きだが、たとえ文学部に進んだところで、その道が開けるわけではない。

（エッセイ「思い違いの人生」）

将来のことは大学に入って考えよう、と思い定めた。今度は落ちる訳にはいかない。東京でアパートを借り、代々木ゼミナールへ通い始めた。

さすがに、この時期は小説を書いていない。予備校時代から交際の続いている育子も、東京に来てOLをしていた。彼女の励ましだけが支えだった。

あの年は忘れない。（中略）うだるような暑さに音を上げて、結局は予備校を休んでは喫茶店やパチンコ店に通う日常に終始していた。（中略）「裏番組をブッ飛ばせ!!」の下品な野球拳にウサを吹き飛ばし、「宇宙大作戦（スター・トレック）」に夢を馳せ、「アタックNO・1」に入れ込み、浪人の不安から必死に逃れようともがいていた。世界はどんどん変わって行く。アポロ11号が人類はじめての月面着陸を果たし（中略）高校野球で

札幌中島公園で育子と

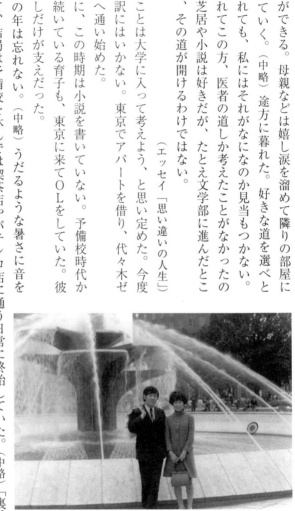

は東北の期待を担って決勝に進んだ青森県代表の三沢高校のプリンス太田幸司の死闘（中略）ばかりかミコ（弘田三枝子）ちゃんの（「人形の家」の大ヒットによる）輝かしい復活（中略）ポランスキー監督の新妻が、ヒッピーたちによって、しかも全裸で惨殺されたというニュースが飛び込んできたのも、この夏（中略）なにか重いうねりに巻き込まれているような毎日だった。

（エッセイ「神は宇宙人だった」）

友人と下北沢駅前の喫茶店で待ち合わせをした。約束の時間より早く駅に着いたので、暇を潰そうと本屋へ入る。何気なく手にした本が、エーリッヒ・フォン・デニケンの『未来の記憶』であった。喫茶店で読み始める。衝撃だった。人類の古代文明に宇宙人が介在している。神とは即ち宇宙人である。数々の遺跡や伝説を基に展開される大胆な仮説に、異様なほどの興奮を覚えた。ようやく友人が喫茶店に現れる。だが、克彦は上の空である。すぐに別れてアパートへ戻り、残りを一気に読み終えた。気持ちが高揚して、その日は一睡もせず何度も読み返した。

デニケンは私にとっての核だ。常に物語の中心には彼の提唱した人類史が据えられている。神イコール宇宙人（中略）とするデニケンの仮説がいつも頭から離れない。その仮説に基づいて日本神話を読み解き、竜伝説を新たにキーワードとして導入したのが私の小説の大半なのである。（中略）デニケンの仮説はまったく正しかったといまや確信を抱いている。宇宙人の存在なくして人類の歴史は有り得ない。確実に宇宙人は古代に地球へ飛来し、人類を指導したのだ。

（エッセイ「神は宇宙人だった」）

代表作の『総門谷』も『竜の柩』も、デニケンとの遭遇がなければ生まれなかった、と克彦は断言する。ナスカの地上絵、シュメール文明の勃興、マヤ暦の謎、聖書に登場する飛行物体、古代のコンピュータ、イースター島のモアイ像……。世界の謎と神秘を面白おかしく紹介する黒沼健の怪奇実話を愛読していたので、いずれもお馴染みの事柄である。だが、それらの背後に宇宙人の見えざる手があったとは！

『星への帰還』『宇宙人の謎』『太古の宇宙人』とデニケンの著書の刊行は続いた。もはや受験どころではない。どうせ難関の医学部が目標ではないのだ。普通の大学だったら、どこかへ潜り込めるだろう。医学部向けの勉強をしていたので、理系の問題は結構こなしている。早稲田の商学部は国語と英語は必須だが、それ以外は七科目から選択できる。商学部を受験する者は文系ばかりなので、理系の出題レベルは高くない。克彦は化学と生物を選んだ。この策は見事に成功した。

大学時代

昭和四十五（一九七〇）年四月、早稲田大学商学部入学。学内に演劇博物館を有し、シェイクスピアを全訳した坪内逍遥以来の伝統が脈々と続く大学に入れたのも何かの縁であろうか、と一人ほくそ笑んだ。けれども、ある演劇サークルへ入部してみて、はたと困惑した。高校を一年休学した上、三年も浪人している。先輩の部長が自分より年下なのである。部長は明らかに迷惑そうな顔で克彦を見ている。これで、すっかりやる気を失った。医者にもなれず演劇も駄目とあっては一体、何を目指したらいいのか。

『聖夜幻想』を書いてからの約二年間は、創作と呼べるものに手を染めていない。五木寛之や野坂昭如といった早稲田中退組が華々しい活躍をしていた時期である。早稲田は卒業するところに非ず。「よし、俺も中退して作家に」と気負ったが、読んでみれば足元にも及ばぬと思い知らされるばかり。小説の本当の凄味が、ようやく分かってきて、簡単には書けなくなった。いざ書き始めても、己の未熟さばかりが目についてしまう。

やっと入れた大学だったが、克彦にとっては何の意味もない場所になってしまった。盛岡では都会っ子を装い遊び人を気取れたが、東京ではただの田舎者。道行く人が皆、垢抜けて見えた。目的を見失った鬱屈もあって、劣等感がどんどん募っていく。

趣味は古書店巡り。ファッションにはほとんど関心はなく、グルメでもないし、田舎育ちなので、都会人の目立って多い場所は敬遠気味になる。(中略)(銀座を)自分が歩いている姿を想像すると場違いな感じがして仕方がなかった。(中略)おのぼりさんとだれにも分かる格好で歩くのであれば、まだ許される。(中略)部外者なのだとまわりが思ってくれているから、堂々と田舎者でいられる。(中略)田舎に生まれ育った人間が、いかにも都会人のフリをして標準語を操り、赤坂のあの店がさぁ、とか話したりしているのを聞くと腹が立ってくる。(中略)なのに、カメラも持たず、お土産の袋もなく、銀座のパーラーに出掛け、コーヒーを注文した途端に女の子に見抜かれ「この人、都会人のフリしてるのね」とでも思われたら、悔しくて泣きたくなるだろう。

(エッセイ「銀座への抵抗」)

コンプレックスの塊だった。育子と六本木へ行った時、トラウマ級の出来事があった。交差点で信号待ちしていると、ピンク色の大きな看板が目についた。看板の横文字を読んで、アーモンドという店だと彼女に話した。すると同じく信号待ちしていた都会風の若い女たちが、「六本木にアーモンドなんて店あったかしら」と聞こえよがしに言う。その店は有名な喫茶店のアマンドだった。恥ずかしくて死にそうになった。

後年、東京築地生まれの友人が、わざわざアマンド本社に問い合わせてくれた。「創業者がアーモンドの読み方を間違えアマンドとつけたのが続いているのです」。友人から本社の回答を伝えられ、「俺の青春を返せ！」と克彦は思わず叫んだ。

入学後、父は秋田県鹿角市に小さな診療所を建て、紫波から住まいも移していた。紫波には住み続けられない事情があった。父が破産したのである。

病院経営そのものは順調だった。県の所得番付に名を連ね、唸るほど金があった。誰の口車に乗ったのだろうか。金を遊ばせておくのは勿体ないと、温泉事業に手を出した。大金を積んだ源泉の湯はあまりにぬるく、ボイラーで沸かさなくてはならなかった。何とか開業に漕ぎ着けたものの、思ったほど客は来ず、毎日の重油代が経営を圧迫する。結局、温泉は倒産。その借金で病院も手放した。

克彦は焦った。卒業まで、まだ何年もある。俺への仕送りは、どうなるのだ？　幸い医者の腕を信用して、出資を申し出た人がいたらしく、鹿角に診療所を建てることが出来た。安堵した。これで当分は親がかりで暮らせる。

父の苦労もお構いなく、鹿角に暮らせるのを克彦は喜んだ。鹿角にはストーンサークルと呼ばれる縄文時代の環状列石がある。東京に馴染めない克彦は、たびたび鹿角へ帰省した。ストーンサークルはつらい現実を忘れさせてくれる場所だったのだ。

　縄文人の墓だとか宇宙人の基地、あるいは古代の天文台であるとかさまざまな説が入り乱れ、私の夢を膨らませてくれていた。この得体の知れない遺跡一つがどんなに私の支えになっていただろう。（中略）満月の晩、小雨の降る午後、朝日さす明け方、雪の積もる夕刻と、いったい何度足を運んだか分からない。ストーンサークルの傍らに立つことで私の中のなにかが原点に引き戻される。それは失いかけた気力であったり、愛であったり、夢であったりした。再生を果たして私は東京へ帰る。諸説はともかく、私にとっては神を意識できるただ一つの場所だった。

（エッセイ「大湯の語るもの」）

ストーンサークルの前で、物書きになる夢は捨てないと密かに誓った。つまり神との約束である。破る訳にはいかない。この誓いが、いつも心のどこかにあった。お陰で夢を萎ませずに済んだ、と克彦は書いている。

　同じ年の八月、碧祥寺で住職をしている親戚から電話があった。境内に建つマタギの博物館を、流行作家の野坂昭如が取材に来るという。大好きな作家だった。野坂特有のセンテンスの長い饒舌な文体を真似、習作を試みたこともある。

　寺に駆け付け、到着を待ち構えた。

「どうも……早稲田大学の後輩です」

　生涯で一番恥ずかしい経験は？　と訊かれたら、私はこのときの野坂さんへの挨拶の言葉を真っ先に挙げたい。今、こうして思い出しても顔から火が出るほど恥ずかしい。授業にも出ず、早稲田の校歌さえ満足に歌えなかった私が、ただそれだけの繋がりだけを頼りに親近感を持って貰おうとした。しかも、見え見えに（野坂さんの）著作を抱えて……野坂さんは、いやな学生だと思ったに違いない。私が野坂さんの立場にいればそう思う。が、野坂さんは笑顔で応じてくれた。

（エッセイ「思い違いの人生」）

強引に案内役を申し出て、しばらく行動を共にした。親しくなった頃合を見計らい、同人誌に発表した小説を何編か読んでもらった。「もう自分の文体を持っているね」。野坂は曖昧な言い方をした。

褒められたと思い込み、同行の編集者に雑誌掲載の可能性を聞いてみた。下手に期待されれば後が厄介と思ったのだろう。五木寛之が世に出る契機となった小説現代新人賞への応募を編集者は勧めた。その賞であれば、岩手在住の長尾宇迦（後に直木賞候補）も受賞している。

克彦にはパリの安宿で死にかけた体験があった。応募するなら、この題材しかない。心機一転のつもりで、ペンネームも反町杜詩夫から霧神顕に変えた。

——旅行前には五十四キロあった体重が、買い物のついでに食料品店にある体重計に十サンチーム

花巻の賢治詩碑の前で野坂昭如と

を入れて量って見たところ、四十六キロに減っていた。三太の身長の割には体重があったから、八キロ痩せても、驚きよりは、喜びがあって、スマートになったなあ、と自分の体を惚れ惚れと鏡の中に見る。

顔の方は、頬の肉が少し落ちた感じがあり、目許に凄みが出て来て、十七歳とは思えないくらい陰惨なムードが漂い、大人臭くなったものだとかえって嬉ぶ。

この頃は、トイレに行くのすらなんとなく億劫になり、我慢して一日二回くらいに抑える。ベッドに寝てばかりいるので、体を動かすと頭が痛くなり、階段の登り降りが妙にくたびれて、シャワーを浴びるると熱でのぼせる。一度など、倒れた事があったから、二、三日前からシャワーは止めていて、そのすべてが、栄養失調の兆《きざし》とは少しも気付かないでいた。

（小説「ぼくらは少年探偵団」）

書き終えた時、相当な達成感があった。結構イイ線いくんじゃないか。そう思いながら、原稿を講談社へ送った。

ぼくにとっての真実はきちんと書きこんでいた。苦しみも悩みも喜びも、すべて嘘偽りなく描写している。その意味では日記に近いものであって、今でも愛着がある。（中略）自信満々だった。幼くても赤裸々な魂の叫びがある。自分という人間を等身大に表現しているし、大袈裟な言い方をすると、これが完成したとき、この作品を書くために自分は生まれた、とすら思った。

（エッセイ「作家になるまで」）

二年ぶりの小説に手応えを得て、少しは楽な気分で書けるようになった。大学の友人が、ある同人誌の代表をしていた。代表なのだから何か書かないと他の同人に示しがつかない。なのに、どう頑張っても書けない。見かねて代筆してあげたのが「やさしい訪問者」である。幽霊だって我々と同じ感情を持っている、ちっとも怖くないんだ、というのがテーマ。その存在を確信している克彦にとって、幽霊話を書くのは普通の物語を書くのと何ら変わらないことなのだ。

とうとう、言わずじまいだった。しかし、これでよかったのだ。もし言っていたら今頃、孝志はどんな様子をボクに見せていただろう。ボクが一番見たくない表情をボクに向けていたのかも知れない。

そんな事を考えると、やっぱりボクの取った行動はあれでよかったのだ。ボクに孝志以上の親友が仮にいたとしても、きっとそいつもボクの言う事など絶対本気にしてくれはしまい。

ボクは、昨日交通事故にあい、車に跳ねられて死んだんだ……なんて、ボクがボクでなければ、とても本気にできない話なんだから。

孝志は明日、電報で眠りを妨げられるだろう。ボクの死亡を伝える電報で。

孝志は、その電報を読んでゾッとするだろう。夜中に話した相手が幽霊だった、と気がついて。

（小説「やさしい訪問者」）

「やさしい訪問者」は本人の体験によっている。例のF君の幽霊が、また現れたのだ。克彦のアパートに医大を浪人中の弟が泊まった時である。重病患者のように憔悴し切った弟は、心配する克彦に、「Fが応援してくれているから大丈夫だ」と奇妙なことを言い始めた。

――「（夜行列車で）真夜中に目が覚めてさ、どの辺りかと窓のカーテンを引いて確かめたら、すうっと花束が見えたんだ。Fの死んだ場所だよ。（中略）時間も（死亡時刻と同じ）二時だった」

（中略）もしかすると弟には浮かばれないF君の霊が取り憑いているのではないか。（中略）布団を敷いてやると、直ぐに鼾を立てて深い眠りに入った。（中略）大した兄貴じゃないが、このときばかりは兄としての自覚が生まれた。私は布団に横になりながらF君に向けて心の中でメッセージを送った。

「F君。君が寂しいのは痛いほど分かる。弟のことを好きなのも嬉しい。でも、弟にとって今が一番大事なときなんだ。そんなに寂しいんならオレが相手になるよ（中略）」

何度もそれを繰り返して眠った。


（エッセイ「F君との付き合い」）


真夜中の三時だった。部屋の襖が大きな音をたてて開いた。ミシミシと畳を踏む足音。枕元に真っ白い柱のようなものが立った。自分で呼び出したのも忘れて悲鳴を上げる。と、白い柱は弟の布団の中へ消えた。

翌日、ヨーロッパで一緒だった従兄が遊びに来た。リアリストの彼は、「なら俺も泊まるから、もう一度呼んでみろよ」と鼻で笑う。

その夜、またもF君は現れた。


「幽霊が居るぞ！」

従兄は青ざめていた。寝ていたら急に襖《ふすま》の開く音がして目覚めたらしい。すると白い影が従兄の布団の足元の方に立ち、じっと見下ろしていたと言う。（中略）私が前夜F君を見たのとおなじ時間だった。（中略）

「幽霊を呼び出すなんて、おめえは恐ろしいやつだ」

従兄は私に食ってかかった。

（エッセイ「真夜中の三時、「幽霊が居るぞ！」」）

朝になって、弟は受験会場を下見に行った。克彦は育子と落ち合い、買い物をしてアパートへ戻った。痩せ細った弟のため、栄養になるものを作ってもらうつもりだった。

道路に面した台所の曇りガラスに、中で動いている影が見えた。弟にはたった一つの鍵を渡してある。先に帰ってお茶でも淹れようとしているのかと思った。だが、ドアには鍵がかかっている。何度ノックしても開けようとしない。苛々して弟の名を叫んだ。中からフフフと笑い声がした。

腹が立って私はドアを蹴《け》りつけた。（中略）それにも弟は無言でいる。ただ、はあっ、はあっ、という荒い息遣いがするばかりだ。（中略）「なにしてるの？」と道路から声がかかった。振り向くと弟が買い物袋を手にして我々を見上げていた。（中略）弟の差し出した鍵を受け取ると慌ただしくドアを開け、中に飛び込んだ。

人の気配はその瞬間に消滅した。

（エッセイ「ふふふっ……と笑ったやつは」）

受験が終わるのを待って（弟と）一緒に盛岡に戻った。なにをすればいいのか分からないのだが、F君の墓を拝むしかない。成仏を願って私は必死で祈った。

二度と出てくるな、と言えば逆効果のような気がして「本当に寂しかったら仕方がないけど、なるべく出てくるなよ」という程度にとどめた。

（エッセイ「F君との付き合い」）

昭和四十五（一九七〇）年十一月二十五日。三島由紀夫が自衛隊員に決起を促す演説をした後、割腹自殺を遂げた日である。アパートに来ていた友人たちのため、納豆をおかずに遅い朝食の用意をしていると、テレビが事件を報じた。三島の説く思想は時代錯誤と思っていたが、それでも感動した。三島の思想にではなく、その行動に打たれたのだった。

ぼくには、その当時、賭けるものがなかった。小説を書くことも一種の暇つぶしにしか過ぎなかった。生命《いのち》を賭すという、彼の真摯な行動にぼくはふるえた。ぼくには国がなくとも、ぼくという個は存在する。その個を捨てることのできる人間、捨て得る対象物を見つけた人間の純粋さにぼくは感動したのである。

（エッセイ「三島由紀夫について」）

納豆をかき混ぜていた自分の姿が、あまりにみじめだった。メシなど食っている場合ではない。一人になって己に問うた。三島は三島なりの大義に殉じて死んでいった。では、俺には何があるのだろう。

小説現代新人賞の発表には、まだ間があった。事件のショックが収まると、再び小説を書き始めた。後年、作家となってから発表した「あまんじゃく」（『眠らない少女』と改題）と「わかれみち」（「妻を愛す」と改題）を書いたのもこの頃。無我夢中で書いた。もしかすると小説家になれるんじゃないか、とも思った。一日中、小説のことだけを考えていた。この時期が人生で一番充実していたかも知れない、と克彦は語っている。

村の誰もが、この自分の行為に気がついて、そして誰もが自分の真似をし始めたら、再び瓜子には肉が手に入らなくなってしまう。

人の肉が美味しいということは、誰にも気づかれてはならない。

そのためには、自分が喰べていたということを隠さなければならない。あまんじゃくのせいにしようと考えたのは、この時だった。

あまんじゃくなら、もともと人喰いだと皆が信じているから、ここに屍体があっても別に不思議だとは思われないだろう。

そう思わせるためには、娘が邪魔だった。

「あっ、なにをするの」娘が気づいた。

「お前に化《ば》ける……（中略）顔の皮を借りるだけだ」瓜子は笑った。

（小説『眠らない少女』）

「結局――お前は由記子ではないのか」

泣き終えると、私の気持ちは楽になった。（中略）ここに並んで座っている由記子は、確かに由記子に間違いない。だが、私がつい先ほどまで一緒にいた由記子ではない。なにしろ、目の前の由記子の夫は、二十年前に松島《ここ》の海で溺れて死んでいるのだ。そして、その夫は私なのである。（中略）私はいつの間にか、別の世界に足を踏み入れてしまったのだ。いや、それとも私のいる世界に由記子が入りこんできたのだろうか。

「今日、なにか変わったことはなかったか」

由記子は少し考えて否定した。

〈たぶん、私の方だろうな〉

あの眩暈《めまい》は単なる貧血ではなかったのだろう。なにかの小説で読んだことがある。別々の世界

―を結ぶ、次元の裂け目のような場所《トンネル》があって……。　（小説「妻を愛す」）

大学二年の春、小説現代新人賞の選考経過が誌面に載り始めた。一次選考通過作品に「ぼくらは少年探偵団」もあった。二次を通過し、三次選考の三十人にも残った。大いに期待しながら結果を待つ。だが最終選考の四人には残らなかった。自惚れの強い克彦は、きっと最終ギリギリのところの筈だと思った。つまりは五番目だ。実に惜しい。

自作の評価を聞くため、思い切って小説現代編集部を訪ねた。編集長は応募原稿の長所短所を懇切丁寧に指摘してから、「今夜、野坂さんたちと飲むので一緒にどうか」と誘ってくれた。物書き志望にとって雲の上の人にも等しい人間からの言葉である。大急ぎでアパートへ戻って一張羅の背広を着込み、約束の店へと向かう。

僕は死んでもいいと思ったよ、その時は（笑）。（中略）教えられていた新宿の花園公園近くの場所に入っていったら、野坂さんをはじめ、浦山桐郎監督、長部日出雄さん、高橋睦郎さんといった、そうそうたるメンバーがいたのです。一人一人紹介されて、「早稲田もなかなかいい後輩が出てきましたよ」などと言われたわけです。それで、「これはデビューが近いな」と思ったんです。（中略）野坂さんにも、「頑張らなければいかんよ」と言われたし、これはもう明日にでも退学届けを出してもいいのではないかという気持ちでいたら、編集長に、「高橋君、もう一軒だけ僕に付き合ってくれたまえ」と言われ、「これは原稿の依頼だな」と思ったんです。

（対論集『だからミステリーは面白い』）

別の店のカウンターに落ち着くや、本気で小説家になりたいのかと質された。「石にかじりついても小説を書きたいんです」。このチャンスを逃すまいと、必死に熱意をアピールする。「じゃあ、十年書くのを止めなさい」。思いがけぬ返事に克彦は戸惑った。

この世界は君が思っている以上に過酷な世界だよ。たいていの人が途中で潰れてしまう。（中略）もし本当にこの仕事を一生のものだと考えているなら、今を耐えて十年待ちなさい。その十年の間に引き出しをたくさん拵えるんだ。（中略）それをやり遂げたら、もう一度私に会いにきなさい。そうしたら私が責任を持って君を物書きにしてあげよう。（エッセイ「思い違いの人生」）

目の前の霧が、さっと晴れたような気がした。ようやく確固とした人生の目標が出来た。これで自分は頑張れる。「十年書きません」。克彦はきっぱり答えた。

アパートに帰っても興奮は静まらない。十年後、作家になった自分を想像して寝られなかった。突然、ある事実に気づき呆然となる。作家になる十年後まで、何をして暮らせばいいのだ？　それまでは大学を中退してアルバイトしながら物書きを目指そうと思っていた。が、十年はあまりに長い。やはり卒業だけはした方がいいかも知れない。けれども高校休学と浪人生活で、既に三年を無駄にしていた。卒業しても、まともな会社に就職するのは難しい。

じゃ、どうすればいいか。どうせだったら、自分の好きなことを十年するしかない。十年費やしても惜しくないのは何かと考えたときに、そこで初めて浮世絵が大きくなってきた。（中略）趣味は書くことと浮世絵の研究だった。ところが、書くなといわれたから（中略）残りのテーマは浮世絵しかない。浮世絵の研究者というのが職業として成り立つのかどうかという問題が出てきた。

（語り下ろし『小説家』）

研究者たちの経歴を調べてみた。浮世絵研究は学問として体系づけられていない。だから独学でやっている人間ばかりだ。しかも現在、名を成している研究者の平均年齢は五十二、三歳。平均寿命が七十歳に達していない時代である。十年後に大半は死ぬか引退しているだろう。それまで続けられれば自分が第一人者になれる。早稲田大学の図書館には、日本一と言われる浮世絵関係の資料が揃っていた。その全てを読破すべく、毎日のように通い始めた。

「ぼくらは少年探偵団」は、もう一つ忘れられない思い出を残した。編集者にも指摘されたが、応募原稿は野坂昭如ばりの文体があまりに目立った。何度か推敲して同人誌『青塔派』に掲載したところ、女性読者から痛烈な手紙がきた。「どうして主人公はアルバイトをして頑張ろうとしなかったのか」。それで目が覚めた。パリの安宿で死にかけた主人公の苦悩は、アルバイトさえすれば簡単に解決できる。高校生でありながら外国へ行ける恵まれた人間が、日本から金が届かないと悩んでみせたからといって、それが何だというのか。

自分を主張することが小説の基本だと考えていたことが、間違いだと知った。小説は読者がいるのである。読者が頷き、悲しみ、笑い、生きる勇気を持つ。それこそが小説の最大の存在理由なのに、ぼくはただぼくを他人

大学二年　鹿角の診療所の前で　左から育子、母、父

に押し付けている。ぼくはもう自分の苦しみは書くまいと決心した。ぼくの苦悩なんてたかが知れている。多くの人々が共通に感じているはずの悩みや怒りを物語に取り込んでいくことこそが大切なのだ。

（エッセイ「作家になるまで」）

人のために書くことが出来るのが作家だ。それを悟った瞬間、克彦は本物の作家へ一歩近付いたのである。

大学四年目の夏休み。友人たちを盛岡へ連れてきた。両親は鹿角にいたが、岩手医科大学に合格した弟は盛岡で一人暮らしをしている。そのアパートに全員で転がり込む。夜になり、街へ繰り出そうとしたところ、外は生憎の雨。弟がいないので、傘やレインコートを勝手に借りて出かける。居酒屋で散々飲み食いして、いざ勘定となったら手持ちの金では足りない。アパートに電話するが、弟はまだ帰っていない。

仕方なく同じ市内に住む叔母の家に電話した。そこで弟の入院を知らされる。大学で倒れて救急センターへ運ばれたのだ。急いで病室に駆け付けた。血圧が低下し呼吸困難に陥って危篤だという。原因は不明だった。声をかけると、弟は驚いた顔で呟いた。「何でFのレインコートを着てるの？」。

寒気がざわざわと背筋を走り抜けた。私の着ていたのは弟が形見に貰《もら》ったF君のコートだったのだ。それを弟は大切に自分の衣装ケースにしまっていたのである。私は慌ててコートを脱ぐと弟の手に握らせた。

弟は三十分もしないうちに回復した。（中略）奇跡だと医者は首を捻《ひね》った。だれも信じはしなかったが、私と弟はあれがF君の怒りによるものだと確信している。F君は弟以外の者に指一本でも触れて欲しくなかったに違いない。そのコートは今も弟が持っている。

（エッセイ「F君のくれたレインコートの怒り」）

同じ年、一冊の本が日本中を震撼させ、空前の大ベストセラーとなっていた。五島勉著『ノストラダムスの大予言』である。オカルト好きの克彦は、ノストラダムスの名を知っていた。中世最大、いや史上最大の予言者とされる実在の人物である。ナチス台頭、ケネディ暗殺、月面着陸などの大事件を的中させたノストラダムスが、人類は一九九九年七の月に終末を迎えると予言していたのだ。

あと二十数年しか生きられないのなら、何をしても無意味ではなかろうか。克彦は悩みに悩んだ末、ある結論に辿り着く。これも大学入試と同じだ。一九九九年七の月を受験の当日だと思えばいい。刹那的な生き方をして勉強を怠けた人は、終末後の世界に対処出来ない。心の準備をしながら自分が満足する生き方をしている人は、どんな事態が起きても、それに向き合える。受験に苦しめられた克彦らしい考えである。

（予言を受け入れたら）いろいろなものが見えてきた。

嫌いなことを嫌々やりつづけていって、果たして自分は満足して死ねるだろうか？

テレビを見て笑って、それで死んでも苦痛はないが、果たして生まれてきたかいがあるのだろうか？

逆算して「何年もないな」と気づいたとき、無為に生きていく時間はあまりにも無駄だと思ったのだ。

そこで僕は、好きな道に進んで、やりたい仕事だけを思いきりしてみようと決心したのだった。

（中略）

「終末の日がわかるということはいいことだ。それが外れた場合には得をした余生だと思っていいんじゃないか。むしろ生きている期間が定まっているほうが人間はきちんと生きていける」

（語り下ろし『未来からのメッセージ』）

先ずは大学を、まともに卒業しようと思った。ところが、そうスンナリとは行かない。早稲田には四年間の受講が義務付けられている課目が一つだけあり、それが体育だった。うっかりして一年の時に落としていたので、とうの昔に留年が決まっていたのだ。

冬休みに実家へ戻った。留年のことは、正月が過ぎたら話すつもりでいた。年末年始を暗い気持ちにさせることもない。

家族四人で雑煮を食べていた時だ。「いい加減あのテープレコーダーを片付けろ」と父が言い出した。テープレコーダーは大晦日から茶の間の隅に置かれていた。ところが家族の誰も、そこに出した覚えがない。

「（弟が）あれ、Fの形見に貰《もら》ったやつなんだ」

私は寒気を覚えた。

「見るのが辛《つら》いから押し入れの奥深くにしまっていたのに……第一、マイクがないよ」

それでは録音ができない。なのにテープはいつでも聞ける状態になっていた。私は電源を入れた。そこから弟とF君の雑談が流れてきた。弟は思い出して泣いた。なぜそのテープレコーダーがそこに何日も置かれていたのか、真相は今も不明である。けれど私はF君が運んできたものだと信じている。彼はきっと自分の声を弟に聞かせたかったのだ。

（エッセイ「F君形見のテープレコーダー」）

これが五年以上に及ぶF君との不思議な交流のクライマックスだった。以後、克彦たちの前にF君が現れることはなかった。だが、この一連の出来事のせいで後遺症が残った。怖くて寝る時に部屋の灯りを消せなくなったのだ。暗闇で呼び掛ければ、また現れるに違いない。今でも克彦は、そう思っている。

大学五年目となった。卒業に必要な単位はロシア語のみ。ほとんど学校へは行かず、浮世絵のことばかり調べていた。無聊を慰めるのはピーコという名の三毛猫。

（ペット禁止のアパートなので）家賃の集金の際など、鳴き声で猫の居るのを悟られないよう布団に押し込んで、危うく窒息死させかけたこともある。結局最後まで面倒を見きれず、一年も暮らさないうちに家内の実家に養子に出してしまった。今考えても可哀想なことをしたと思う。ピーコはそれから一年も生きずに札幌で死んだ。飼えもしない環境だったのに、ぼくのエゴでピーコを貰い、つらい目に遭わせてしまった。

（エッセイ「いくつかの楽しみ」）

猫は飼い主を選べない。ピーコを幸せに出来なかった自分には、もう猫を飼う資格はないと思った。大学を卒業する直前、長らく交際してきた育子と入籍する。克彦のアパートでは手狭なので、日野市へ転居した。最寄りの駅は新宿から京王線で約四十分の百草園である。

周囲は一面青々としたたんぼで、一番近いスーパーにも歩いて十分。都心までの時間的不便さよりも、生活の不便さの方が多かった。それでも五年をそこに居ついたのは、決して家賃が安かったという単純な理由ではない。
日野市は私の敬愛する土方歳三が生まれ育った町である。（中略）その鮮やかな生に魅かれたのは、やはり司馬遼太郎さんの『燃えよ剣』を読んでからだ。（中略）暮らして見るとますます気にいった。（中略）百草園周辺は、江戸の面影をそのまま残している場所がいくらでもある。温かな春の風を背中に感じながら、あるいは夏のじりじりとした陽射しを受け、私と家内はよく周辺を散歩した。

（エッセイ「私の散歩道」）

初の著作は浮世絵事典

昭和五十（一九七五）年、人に遅れること五年で大学を卒業する。もう二十七歳になっていた。肩書がなくては都合が悪かろうと、碧祥寺博物館の東京駐在員なる名刺を父が持たせてくれた。名刺は神田の古書店で資料を探してもらう時、多少の役に立った。

どうして暮らしていたかと言えば、完全な親がかりである。（中略）金は天下のまわりものとうそぶいていた。今は親から仕送りを受けて暮らしていても、いつかは借りを返せばいい。（中略）仕送りのキャリアの永いぼくはそう考えて平気だった。（中略）（妻は）就職先を探すわけでもなく神田の古書店や展覧会をブラブラと覗いてばかりいるぼくに業を煮やして「なんとか安心させてくれ」と頼みこむ。（中略）女房を貰った以上食べさせてやるのが常識である。理屈を言いあってはこちらに勝ち目はない。

（エッセイ「ケンカできない理由」）

食べるためだけの仕事には就きたくなかった。それに慣れてしまえば、本来の目的を見失ってしまう。都合のよい理由だが、本心でもあった。

どこまでこの我儘を通すことができるか……正直言って不安だった。（中略）すまないという気持ちと、自分はこれからどうなるのかという焦りが重なって、次第に女房と話もしなくなる。独身ならどれだけ楽かと何度か思ったこともあった。責任感で潰されそうになってしまう。

（エッセイ「ケンカできない理由」）

親の援助を受けている間、せめて自分の楽しみは封印しようと決めた。酒も飲まず映画にも行かず、レジャーとは一切無縁。ひたすら浮世絵研究に打ち込む日々が続く。

出版社の社長を夫に持つ親戚がいた。浮世絵の入門書ならば出版してもいいと、その社長が申し出た。浮世絵は一般性のないジャンルと見做されていたので、専門書はあっても初心者向けの手頃な入門書は皆無である。それだけにやり甲斐のある仕事だし、完成すれば初めての著作となる。張り切って取りかかったが、想像以上に大変な仕事だと気がついた。

あまりにもわからない部分が多く、たった六〇〇字の絵師略伝を書くために五日間を費やしたこともあれば、前に書いた文章が、他の部分を調べているうちに不適当だと思いあた

百草園のアパートで友人と

り、書き直しを余儀なくされたことも決して一度や二度ではない。

（『浮世絵鑑賞事典』あとがき）

原稿の最後に「あとがき」を書く自分の姿を想像しながらつらい執筆に耐えた。一年後の昭和五十二（一九七七）年七月、『浮世絵鑑賞事典』が完成する。

浮世絵は、日本を代表する芸術である。いや、むしろ海外における近世のめざましい評価を考え合わせると、日本だけではなく世界の芸術と言い直してもさしつかえがない。（中略）だが、それだけ多くの人々に愛されている浮世絵でありながら、その世界に一歩も二歩も入りこみ、浮世絵の発生した歴史的な背景や、時代風俗、制作の技法までをも知ろうとする人々は、意外に少ない。（中略）我々が現在に生きて、作品が目の前にある以上、歴史的な価値や重みが一体何になろう。だが、浮世絵の歴史が日本の文化と密接なつながりをもっている以上、より深い理解を求めようとした時に、知って損にならない知識があるという事も否定出来ない。本書はそうした目的にそって編まれたものである。

（『浮世絵鑑賞事典』より）

処女出版を祝う会で自著にサイン

全精力を傾けた本は、分かりやすさに徹した小事典だった。研究者と好事家の専有物である浮世絵を一般の人にも知って欲しい、との思いで書いた。初心者向けではあるが、盛り込まれた情報はハイレベル。従来の通説を見直した個所も多々あり、現在でも本書の完成度に匹敵する事典はない。

> 出版すれば、すぐに世間は研究者として存在を認めてくれるだろう、とか、論文執筆の依頼が殺到するはずだ、と胸をふくらませながら原稿に日夜とりくんでいた。ようするに甘く考えていたのである。（中略）初版の発行部数が四千部と聞いて、それぐらいなら二ヵ月もしないうちに売り切れるだろうと胸算用をしてみたり、次に執筆依頼があったら事典のような全般的なものではなく、自分の好きな絵師の画集を作ろうなどと、これで研究生活一筋に歩めると信じて疑いもしなかった。
>
> （『浮世絵鑑賞事典』文庫版あとがき）

ところが本はまったく売れなかった。四千部刷ったうち、売れたのは二千部だけ（それも十年がかりでだった）。見かねた父が、主治医をつとめる久慈市のアレン短期大学の学長に本を送った。ミッション系の短大なので英語や英文学の講座はあっても、日本の文学や芸術の講座がない。学長は克彦の知識と文才を認め、学生たちに教えないかと言ってくれた。

東京を離れてしまえば、浮世絵の情報から遠ざかり、研究者としての将来がなくなる。だが、いつまでも仕送りを当てには出来ない。学生に浮世絵の面白さを伝えるのも大事な役目。そう自分に言い聞かせ、引き受けることにした。車の免許を取らなかった克彦は、久慈までバスで通うしかない。盛岡から片道二時間半の距離である。

昭和五十三（一九七八）年の新学期から日本文学と文章表現の講

アレン短大での講義

座を受け持つ。教師になってみると、案外その仕事に向いているのが分かった。教えるのが、とても楽しいのである。こちらが一生懸命になれば、それだけ生徒も応えてくれる。つい最近まで無職だった自分が、今は先生として尊敬されるので嬉しくもある。月末に生まれて初めての給料を貰った。妻の喜ぶ顔を想像しながら家へ帰る。反応は意外なほどクールで、克彦は拍子抜けした。

その数年後になるが、克彦はタンスの引き出しの奥に未開封の給料袋を見つけた。妻の字で「初めてのお給料」と書いてある。生活の不安が続くなか、やっと手にしたお金である。使う気になれぬまま、ずっとしまっておいたらしい。どれほどつらい日々を妻が耐えてきたか、克彦はようやく理解したのであった。

当初の身分は非常勤講師で講義は週一回。それでは怠け癖がつくと心配した父の言い付けで、病院の薬局を手伝うことになった。処方箋に従って薬を探し袋に詰めるのが仕事である。医者の弟が勤務する病院で下働きをする克彦を、周囲は哀れみの目で見た。けれども当人は平気な顔でいた。バイトすらしてこなかった克彦にとって、勤め人のように働くのは新鮮な経験だったのだ。

薬局に入ると、まず薬の分類が目茶苦茶だとすぐにわかった。(中略)僕みたいな新参者では、ものすごい数の薬の中から目的の薬を探し出すことができない。(中略)そこでコツコツと病気の分類に従って、あいうえお順で数種類のカードを一週間かけて作った。

そのとたんに素人でも管理、運営できる薬局に生まれ変わったのだ。何しろ、ベテランと同じスピードで処理できるのだ。そのときは、この仕事が天職のように感じたくらいだった。

(エッセイ「魂まで楽しんでいるかどうか」)

あまりの熱心さに驚いた父は、「薬局勤めで終わらせるため面倒みてきたのではない」と克彦を辞めさせる。以来、妙な自信がついた。スネかじりの世間知らずと思われているが、自分だって普通に会社勤めをしたら、それなりの働きは出来るのだと。

二年後の昭和五十五（一九八〇）年には専任講師となり、給料も上がった。盛岡近郊の滝沢村（現在は滝沢市）に父がモダンな設計の一軒家を建ててくれた。夫婦だけなら何とか暮らしていけそうだった。このまま教師で一生を終えるのも悪くない。

ある日、知人からアメリカの美術館に勤めないかと誘いがあった。その美術館には世界有数の浮世絵コレクションがある。研究者なら誰でも飛びつくチャンスだった。克彦は英語が大の苦手。言葉の通じぬ国で暮らす決心が、どうしてもつかない。

辞退の返事をした後、部屋で一人泣いた。明治時代、大量に海外流出したため、浮世絵の数は日本より欧米の方が多い。だから本格的な研究に英語は欠かせない。分かっていながら、勉強を怠ったツケが回ってきたのだ。研究者として飛躍する機会を、自ら放棄してしまった。今度こそ未来には何も期待できないな、と思った。

第三章

岩手で物語を紡ぐ

——作家になる

乱歩賞を目指す

昭和五十七（一九八二）年の初夏。地元紙の岩手日報を開いた克彦は、社会面の見出しを見て愕然とする。「第二十八回江戸川乱歩賞は盛岡在住の中津文彦氏に決定」。受賞作品は『黄金流砂』。東京にいなければ作家にはなれない。そんな思い込みがあった。だから半ば作家の道を諦めかけていた。なのに同じ岩手、しかも滝沢村の自宅から遠からぬ盛岡市で文学賞を手にした人間がいる。並の賞ではない。歴代受賞者には西村京太郎、斎藤栄、森村誠一など大物が居並び、過去数年間に限っても栗本薫や井沢元彦といった売れっ子を輩出している。プロの登竜門として最も力のある賞なのである。

紙面に目を走らせるうち、自分が逃げていたことに気付いた。作家になるのが夢だったのに、そのための努力が足りなかった。己の怠惰を恥じるほかない。こうなれば岩手で一番最初に『黄金流砂』を読もう。読んで一から出直すのだ。

九月になって、いよいよ本が店頭に並ぶと知り、早朝から盛岡の書店の前で待ち構えた。シャッターが開くと同時に中へ飛び込む。『黄金流砂』は一番目立つ場所に山と積まれていた。平泉の黄金をイメージした表紙に陽が当たり、文字通り光り輝いて見えた。

早く読みたくて、書店の二階にある喫茶店へ入った。二時間も粘っていると、さすがに居づらくなる。別の喫茶店へ移動して、そこでも二時間ほど過ごし、また次の店へ。そして、ようやく読了した。

あまりの面白さに圧倒された。が、次第に闘志も湧いてきた。

『黄金流砂』は、いわゆる歴史ミステリーである。現代の主人公が史料を駆使して、歴史上の謎を解き明かしていくスタイルだ。この手法は、よく考えると浮世絵の研究に似ている。それならテーマを浮世絵に設定すれば、自分にも推理小説が書けるのではないか。

急いで自宅へ帰り、来年の乱歩賞は俺が取る、と妻に宣言した。親しい人間に片っ端から電話をかけ、同じ言葉を繰り返す。敢えて周囲に告げることで、中途では投げ出せない立場に身を置こうとしたのだ。日本エッセイスト・クラブ賞受賞者で多数の著作を持つ伯父の高橋喜平は、「そんな甘い世界ではない。もし受賞したら市内を逆立ちで歩いてやる」と笑った。

とにかく過去の受賞作と選考評を全て読むと決めた。医大を三浪した経験を生かし、乱歩賞の傾向と対策を探ろうと考えたのだ。受賞作はどこが評価され、落選作はどこが駄目だったのか。この作業だけで一カ月を要した。評価のポイントは幾つもあった。

①内容に説得力を持たせるため、自分が熟知する世界を描く。
②連続殺人にする。互いに遠く離れた複数の土地で事件を起こしスケール感を出す。
③地図、時刻表、人物相関図など図版を使うのも目先が変わって効果的だ。
④謎解きの興味とは別に、主人公の苦悩をじっくり描いて読者の共感を得る。
⑤応募原稿は必ず清書しなければならない。

意外にも、最も大事なのは⑤であった。当たり前のようだが、字が汚いと選者から嫌がられる。どんな傑作でも読んでもらわねば話にならない。ワープロは、まだ普及していなかった。書き上げたら綺麗に書き直す。そう心に刻んだ。

傾向と対策には時間をかけたが、どの絵師を取り上げるかは、すぐ決まった。東洲斎写楽である。写楽の名は誰もが知っている。けれども、その生涯は謎に包まれたままだ。浮世絵に関心のない一般読者も興味をそそられる人物である。長年、浮世絵研究に打ち込んできた。写楽の正体について、誰もが驚く斬新な仮説を立てる自信が、克彦にはあったのである。

だが、二百枚以上の小説を書いた経験はない。応募規定は四百字詰で三百五十枚から五百五十枚。標準的な長編の枚数だが、その時には目も眩むほどの長さに思えた。

締切が目前に迫っていた、ある日の午後。もう明日にでも書き出さなければ間に合わない。自転車を漕いで友人の待つ喫茶店へと向かう克彦の頭は、小説のことで一杯だ。いきなり路地から車が飛び出してきた。その瞬間、体が宙を飛んだ。そして、意識を失う。

急にざわざわと騒音が戻った。（中略）一瞬の間に人垣ができている。皆は私を見下ろしていた。私は颯爽《さっそう》と立ち上がった。（中略）笑いながら皆に頭を下げて立ち去ろうとしたら何人かが私を取り押さえた。（中略）病院に行こうと運転手は言った。そんな必要はないと思った。実際どこにも痛みが無いのである。

（エッセイ「事故で一時的に記憶欠落」）

気がつくと病院のベッドにいた。車の助手席に乗ったのは覚えているが、そこからベッドで目覚めるまでの記憶は完全に失われていた。事故に遭った記憶だけは、しばらくして戻った。

（後で聞くと）車の中で機嫌よく自己紹介などしていた私は、突然、なんで見知らぬ人の車に同乗しているのかと問い質したと言う。病院に到着した私は事務の女の子や看護婦さんたちにへらへら笑いながら、死ぬなんて簡単だよ、ちっとも痛くない、と繰り返していたらしい。（中略）軽い接触事故だと思っていたのに、実は大事故だった。自転車は、くの字に折れ曲がり、私は車道と歩道を分けるコンクリートの仕切りに頭から激突していたのだ。（中略）急に小説への意欲が湧《わ》き上がったのも、この事故以来である。もしかすると打ち所が良くて（？）脳の働きが以前より向上したのかも知れない。

（エッセイ「事故で一時的に記憶欠落」）

退院すると、締切まで三カ月を切っていた。覚悟を決めて書き出したところ、意外なほど筆が進んだ。

短大では国語表現法も教えていた。名文ではなく誰が読んでも分かる文章を学生に書かせてきた。主語を明確にして、無駄な形容詞を削る。それが自分にも役立った。お陰で文学青年にありがちな、必要以上に凝った文章を書かずに済んだ。

最後の一行を書き終え「完」と記した時は、かつてない充実感を覚えた。わずか一カ月半で七百枚を書いたのである。だが、ノンビリはできない。締切は一カ月後に迫っている。選考委員の印象を良くするため、特注の原稿用紙に清書しなければなら

乱歩賞応募直後　盛岡城で育子と

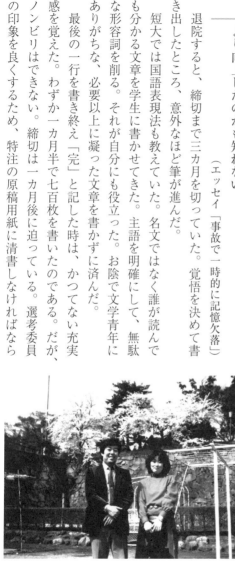

ない。七百枚を四百五十枚まで推敲し、さらに百枚足し加え、規定枚数の上限ギリギリの原稿を仕上げた。郵送したのは締切の当日。後は結果をひたすら待つばかり。だが何カ月経っても一向に連絡が来ない。

「やはり駄目だったか」。そう思いながら盛岡の街をトボトボ歩いていると、ロケ現場にぶつかった。去年の乱歩賞受賞作を原作にしたテレビドラマの撮影である。作者の中津文彦もそこにいて、監督や主演俳優と談笑している。中津との立場の落差に打ちのめされた。

最終選考通過後に撮ったプロフィール用写真

数日後、最終候補に選ばれたとの通知が、いきなり自宅に届いた。小説現代新人賞と違って、江戸川乱歩賞は途中経過を発表しない方針だったのだ。地獄から天国へ引っ張り上げられた思いだった。妻と一緒に泣いた。最後まで残ったのだ。これで落ちても悔いはない。自分の力を出し切ったという思いがあったし、また来年も応募するつもりでいた。

最終選考会の当日の朝、講談社から電話があった。もしも受賞したら明日、本社で記者会見があるので来てくれないか、と言う。その頃には興奮も薄らいでおり、町内会の掃除当番の日だから行けないと断って、相手を面食らわせる。

江戸川乱歩賞

翌日、克彦は講談社の貴賓室にいた。掃除を早めに済ませ、朝一番の新幹線で駆け付けたのだ。

昭和五十八年度の第二十九回江戸川乱歩賞には、史上空前と言われた昨年度を上回る二百六十二編の応募があった。満場一致で選ばれたのは『写楽殺人事件』だった。

「写楽が誰であるかという謎を解くために、ひとつの仮説を立て、その仮説を裏づけていく証拠を物証と論理の二つの方向から押し進めていくプロセスはユニークであると同時に説得力があり、この作者の浮世絵に対する見識と推理小説の組み立て方の才能を充分にあらわしている」(生島治郎)。「浮世絵を巡る綿密な考証と緻密な論理の展開に感心した。単なる知識論述の羅列ではなく、終局に向かいそのすべてが一本に絞り込まれてゆく構成の妙は、見事というほかはない」(大谷羊太郎)。

該博な知識に基づき写楽の謎に迫る知的な面白さを、選考委員の誰もが賞賛した。その一方で「浮世絵研究者だから書けた。受賞後も同レベルの作品を書けるのか」との声も少なからずあった。

津田は冴子と別れて部屋に戻ると、缶ビールの缶を開けた。寝酒の習慣はなかったが、どうしても今夜は飲みたい気分だった。

東京に戻って国府や西島にどう説明すれば良いのか。考えると津田の頬は火照《ほて》った。窓際のイスに腰かけて、少し窓ガラスを開けた。冷たい空気がスッと室内に入り込んできた。

〈誰も不可能と思われていた問題に、オレはとうとう答を見いだした。写楽の謎はオレが解決

した〉
知らず知らず、津田の口許には笑いがこみあげてきた。
昌栄の住んでいた角館の町は、津田の見守る前で、今静かな眠りにつくところだった。

（小説『写楽殺人事件』）

記者会見の後、何気なく「十年書くな」のエピソードを披露した。小説現代編集長から「十年書くのを辛抱して作家になるための引き出しを作りなさい」と言われた出来事である。社員の一人が気を利かせて、かつての編集長を連れてきた。十年ぶりの感激の対面、となる筈だったが……。

乱歩賞の受賞式　左は山村正夫

「いやぁ申し訳ない。あの当時は若い書き手の皆にそう言ってたんだよ」
と（元編集長は）頭を掻いて謝った。
下手なくせに、自信ばかりは持っている若い書き手の撃退法として「十年書くな」を連発していたらしいのだ。そうすれば、次にその人間が編集部を訪れたら、約束はどうしたと言って追い払える。まさかまともに信じて十年書かない人間がいるなどとは思わなかったようだ。

（エッセイ「十年書くのをやめなさい」）

ガッカリする克彦に、担当編集者が追い打ちをかけた。ペンネームの霧神顕ではなく本名の高橋克彦を使え、というのである。理由を訊ねると、「霧神顕なんて芸術家肌の二枚目の名前です。高橋さんのイメージじゃない」と言われた。

確かに大学を卒業した辺りから急速に太り始め、痩せて精悍さすら漂わせていた同人誌時代の面影はない。生まれて初めて小説なるものを書いてから二十年、十年書くなと言われ筆を折ってから十二年が経った三十六歳の夏である。

「三十五歳を過ぎたら世に出ると予言されてたな」と、不意に思い出した。回り道ばかりの人生だと思っていたが、全ては作家になるための過程だったのか。どうもそうらしい。克彦は一人頷いた。

受賞第一作

小説現代編集部は、受賞後の第一作として直ちに短編を書くよう厳命する。克彦は困惑した。乱歩賞が目的で、取った後のことなど考えていない。締切まで粘ったが、どうしても書けず、大学時代に書いたものでは駄目だろうかと訊ねてみた。学生の習作でお茶を濁すとはプロを舐めているのか。編集長は苦い顔をした。一応読むだけは読むと言われ原稿を送ると、すぐ感想が戻った。「コレ、小説現代新人賞に出してたら、受賞できたよ」。拍子抜けした。十二年間の断筆は何だったのか。

その短編が二十三歳の時に書いた「眠らない少女」だった。今では克彦の数あるホラー短編の中でも、人気上位を誇る作品となっている。

調子に乗り、「眠らない少女」と相前後して書いた「妻を愛す」を押し入れの奥から引っ張り出す。これまた『小説現代』に掲載してもらえた。

どちらも完成度は高く、執筆時の年齢を意識させない。もしも小説現代新人賞を受賞していたら、その時点でもプロとしてやっていけたのかも知れない。だが、読書と研究に明け暮れた雌伏の歳月がなければ、『総門谷』や『竜の柩』といった大長編を書くための引き出しを持てたかどうかは分からない。

受賞後に書いた本当の第一作は、『別冊小説現代』昭和五十八年十二月号掲載の「悪魔のトリル」である。敬愛する乱歩を意識して、新しい「押絵と旅する男」を生み出すつもりで取り組んだ。人体の蠟細工や死体写真を展示した衛生博覧会を詳述する件に、少年時代の思い出が生かされている。

雑踏の中に「衛生博覧会」という立看板を見つけ、私の心は怪《あや》しく騒いだ。すでに、その時分でさえ、衛生博覧会は珍しいものになっていたのである。祭好きの私でさえ、十年近くも見たことがない。回りには例によって「蛇娘」や「牛男」の珍奇な見世物や、小規模のサーカスなどが犇《ひし》めいていたが、私の足は真っすぐにその小屋に向けられていた。

呼び込みがいないせいだろう。群らがっている客の姿もない。小屋の回りだけが、ひっそりと静まりかえっていた。つぎはぎだらけの薄汚れた天幕を透かして、アセチレンランプの暖かい灯りが外に洩《も》れ出している。（中略）

ふいに私は背後から呼ばれた。（中略）

「特別室、見ますか」

老人は小声で囁《ささや》いた。

そう。特別展示室である。これこそが衛生博覧会の目玉であった。写真やビーカー詰めの動物などは、これをごまかすために足し加えられたものにすぎない。仕切られた天幕の中には、衛生資料と名付けられた蠟細工の人体模型が陳列されているはずである。

（小説『悪魔のトリル』）

編集長は一読するや、「大乱歩の正統を継ぎ、戦後生まれの作者の初々しい感受性と悲哀感をたたえた、怪奇小説の新古典」と評価してくれた。ホラーを書き続けたい克彦は、お墨付きを得たらしいと喜んだ。

「悪魔のトリル」を表題作とする初の短編集が出版されたのは、受賞から二年以上が過ぎた昭和六十一（一九八六）年二月。デビュー以前に書いた「眠らない少女」「妻を愛す」を含むホラー色の強い六作品が収録されている。

「恐怖小説」という分類しかないので仕方なくその範疇にいれているが、これらの短編には幽霊や怪物がほとんど登場しない。むしろ「不思議小説」といった方がボクの気分に近い。ありえない現実の中で作りだした登場人物たちがどう考え、どう行動するか。それが一番の興味だった。隠しテーマはすべて「愛」である。

（『悪魔のトリル』に寄せた著書の言葉）

本当に書きたい小説

「もうミステリーは書かないかも知れない」。克彦は乱歩賞の記者会見で爆弾発言をして、担当編集者を大慌てさせている。『写楽殺人事件』は当たる、と版元は踏んでいた。新人の克彦には引き続き、売れ筋の浮世絵ミステリーを書いて欲しかったのだ。けれども克彦にとって『写楽殺人事件』は、作家のパスポートを手に入れるため書き上げた小説だった。

(ミステリーは) 書く側にとって、これほど面倒なことはない。これまでぼくは結末をあまり考えずに、とりあえず原稿用紙に文字を埋めていくという書き方をしてきた。その方が楽しいし、自分としても同時進行しているという興奮があった。ミステリーとなれば、そうもいかない。結末が自分でどうなるか分からないまま、書くわけにはいかないのだ。伏線を張る必要もあるし最低限、トリック、犯人、アリバイ等は決めておかなければならない。書く前に、大半が決定してしまう。そうなれば書く作業というのは、頭の中に作りあげた小説を、単になぞるだけのものでしかなくなって、興をそぐことおびただしい。

(受賞直後に書いたエッセイ)

本当に書きたいのはSFやホラーだった。次なる作品は、伝奇SFの大長編と決めていた。受賞後間もなく、仙台に本社を置く河北新報社が、新聞の連載小説を頼んできた。ミステリーを期待する相手を強引に説き伏せ、「総門谷」と題した伝奇SFに取りかかる。

新聞は毎日が締切。それが何百日も続く。苦労は感じなかった。「総門谷」のため資料を集め、創作メモを取り、構想を練ってきた。主人公の名前を、同人誌時代のペンネームと同じ霧神顕としたほど思い入れがあった。ピラミッド、UFO、地球空洞説、ムー大陸、ノストラダムスの大予言……子供の時から興味を抱いてきたオカルトの知識を全て叩き込んだ。現在では百数十冊の著作を持つ克彦だが、これだけ書きたい衝動にかられた小説はなかったという。

「顕の父親、崇顕《たかあき》が住んでいた土地の名だ。手紙には総門谷《そうもんだに》――確かにそう記されてあった」
「総門谷！　まさか、嘘じゃありませんね」
「地図を調べながら何度も確かめた。絶対に間違いはない。崇顕が狂ったと思ったのはその土地の名にも関係がある。それは岩手どころか日本のどこにも存在しない地名なのだ。千人以上の人間が住んでいながら、今の日本ではあり得ない話だ。ワザと居場所を隠しているのだと最初は考えていたが、内容自体にも様々な矛盾がある。狂ったと考えても仕方がなかろう」
「総門谷か……」

（小説『総門谷』）

ありがたい存在

新聞の連載小説には挿し絵が欠かせない。挿し絵の良し悪しが連載の評判を左右することすらある。克彦は迷わず盛岡出身のイラストレーター吉田光彦を指名した。彼こそ現代の浮世絵師だと、以前から注目していた。吉田とは妙な因縁もある。かつて克彦の父は趣味で画廊を経営していた。その画廊で最初に個展を開いたのが吉田だったのだ。河北新報社も、同じ岩手人コンビによる連載も面白い、と了承した。

克彦の期待に応え、吉田は全身全霊で取り組んでくれた。連載が人気を集めたのも、半分は絵のパワーのお陰と言っても過言ではない。

連載期間は、およそ一年と三カ月。吉田の住む東京と克彦の住む滝沢村の間で、電話でのやり取りが毎日のように続く。取材旅行にも一緒に出かけた。互いの気心が知れ、二人は親友となる。

　吉田さんの絵が私の筆を進めることもしばしばである。たとえば新連載をはじめる前に私はまず吉田さんに電話を入れてキャラクターの相談をする。私の中に漠然とあるキャラクター像を吉田さんは絵にしたてて即座にファクシミリで送ってくれる。それで確固たるイメージが定着する。『竜の柩』や『星封陣』あるいは『舫《もやい》鬼九郎』などのキャラクターは先に吉田さんの絵があって動きはじめた。

（エッセイ「ありがたい存在」）

『総門谷』はシリーズ化され、全ての挿し絵を吉田が担当した。他にも『風の陣』『火怨』、『鬼』のシリーズなど、代表作の多くを吉田が手掛けることになる。吉田の絵に惹かれて克彦のファンになった読者も少なくない。

　吉田を手放せない理由は、もう一つある。克彦の原稿がいつも締切ギリギリのため、絵に費やせる時間も限られてくる。だが、原稿がどんなに遅れようと、吉田の線には少しの乱れもない。しかも決してマンネリにはならず、常に新鮮な驚きに溢れた絵作りをしてくれる。「私の小説は、ある意味で

早池峰山の頂上で　中央は吉田光彦

「総門谷」の挿し絵

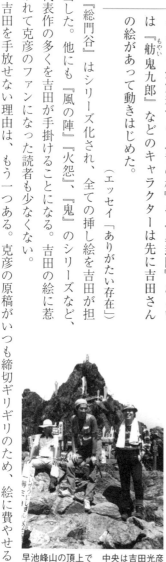

吉田さんとの共同作業」と、克彦はエッセイにも書いている。

引っ越しません

作家となって最初に考えたのは、東京への引っ越しだった。東京の友人や編集者に頼んで、手頃な賃貸マンションを探してもらった。出版社の集中する東京にいなければ作家を続けるのは難しい、と信じていたのだ。

膨大な蔵書を収納できるスペースは絶対に必要だが、東京の家賃は腹の立つほど高い。デビューしたてで、まだ懐に余裕はなかった。条件の折り合う物件が見つからぬまま、時間ばかり過ぎる。

『写楽殺人事件』が書店に並ぶ直前の昭和五十七（一九八二）年六月、大宮駅と盛岡駅間で東北新幹線が開業した。ほんの数時間で東京へ行けるのだ。新し物好きの編集者たちは、その新幹線に乗りたがった。やたらと用事を作っては、滝沢村の克彦宅を訪問する。

（さすがに日帰りは大変なので）ほとんど一泊の予定で訪ねてくる。これが実にいい。とことん小説のことが話し合えるし、編集者の方も旅行気分が加わってのんびりとしている。（中

NHKの料理番組で得意の卵料理を披露　中央は杉浦日向子

略）どちらものんびりとしながら、密度の濃い打ち合わせとなる。東京で十度会うよりも親しい関係になるのは当然だろう。（エッセイ「告白すると……」）

当初、原稿は郵送していた。そのうちファクシミリが普及し始めた。これなら締切直前でも間に合う。「地方では編集者との付き合いがなくなり作品が味気なくなる」と忠告する人もいた。だが、東京でも電話とファクシミリだけで連絡を取り合う作家は多い。むしろ地方に暮らすことで他の作家が羨ましがるほど、克彦と編集者との付き合いは深まっていった。

岩手には仲間もいた。県央の盛岡市には同じ乱歩賞作家の中津文彦、県南の前沢町には直木賞作家の三好京三が暮らしており、どちらも第一線で書いているのだ。

東京にこだわる意味などないな。克彦はマンション探しを取り止めた。

キャスターになる

克彦は人前で話すのが、かなり好きである。高校時代にはＤＪの真似ごとをしていた。自己表現の欲求が強いので、小説だけでは足りない。文章を書くのはつらい時もあるが、喋る言葉なら幾らでも浮かんでくる。どんな話題にも当意即妙の受け答えをする自信があった。本音を言えば真似ごとではなく、プロとしてマイクの前に立ちたかった。

その密かな願望を充たす企画が持ち上がった。ＮＨＫ仙台局から番組キャスターを依頼されたのである。

昭和五十九（一九八四）年の秋頃、取材を受けるためNHK仙台局に立ち寄った。終了後、スタッフの溜まり場に案内され雑談を交わす。『写楽殺人事件』は読書界の話題を独占中で、克彦の姿は誰の目にも颯爽として見えた。同書を読んでファンになった局員の一人は、克彦をメインに据えた番組を作りたい、と言い続けていた。会ったばかりの克彦に、全員が好印象を持ったこともあり、番組企画は実現に向けて進み始める。

昭和六十（一九八五）年四月から約一年間、東北六県で放送された「歴史ズームイン」が、その番組である。東北の様々な歴史の謎に克彦が挑むという内容だ。

第一回は鹿角市大湯のストーンサークル。克彦には馴染みの場所である。撮影は同年三月上旬。ストーンサークルは雪に埋まっていた。撮影前に総出で雪かきをする。まだ三十代後半の克彦もゴム長を履き、一緒にスコップをふるった。

初のレギュラー番組にも関わらず、慣れた態度でキャスターをこなした。「人懐こい笑顔、カメラを最大限に意識した視線、ポーズを取る仕草、もう完全にテレビタレント」。取材を見学した友人は、そう証言している。

放映はだいたい月に一度の割合で、一つの番組が終わると同時に次の回の資料が山のように手元に届けられる。

「歴史ズームイン」のロケ風景

知っている素材も少しはあったが、たいていは初耳に近いテーマばかりだ。東北は広い。（中略）すべてを読み終えた頃に担当のディレクター氏が我が家を訪れる。どういう切り口で番組を展開するのかの打ち合わせである。（中略）ありがたいことにディレクター氏は私の希望を最優先にしてくれた。テーマこそ与えられたものだが、それをどう処理するかは私に委ねられている部分が大きかった。（中略）一つの小説を書くつもりで私は取り組んだ。（『東北歴史推理行』あとがき）

スタッフの集めた膨大な資料と格闘したことが、克彦の守備範囲を広げた。番組を通じて育まれた関心は、やがて東北の歴史に材を取った数々の長編で実を結ぶ。

長編を書き下ろす

『総門谷』の新聞連載と同時に、ミステリー長編『倫敦暗殺塔』の書き下ろしも始めていた。きつい連載をこなしつつ、敢えて書き下ろしを引き受けたのは、浮世絵以外のミステリーも書けると証明するためであった。

新人に我がままは許されない。乱歩賞はミステリー作家の登竜門である。次回作は絶対にミステリーでなければ困る。そう出版社から釘を刺され、反抗心が頭をもたげた。であれば、浮世絵とは無縁なミステリーを書き、一発屋だと思っている連中を見返してやる。それも『写楽殺人事件』を凌ぐ大トリックを盛り込んでだ。

作品の舞台に選んだのは、日本ブームに沸く明治十八年のロンドン。過去の世界を描く小説は、これが初めて。『写楽殺人事件』を超えねば、という気負いがプレッシャーになって、筆の進みを鈍らせる。

一方、版元の予想通り、『写楽殺人事件』は売れに売れ、世に写楽ブームを巻き起こしていた。けれども期待の次回作は、なかなか出版されない。乱歩賞は即戦力を重んじる賞であり、一日も早く長編第二作を出すのが不文律だった。

受賞から一年以上過ぎた頃、乱歩賞三十周年記念祝賀会が帝国ホテルで開かれた。森村誠一が挨拶に立ち、「乱歩賞作家は、受賞した年のレースで先頭を走るべき存在だ。なのに一年経っても第二作を出さないのは、いかがなものか」と発言。会場にいた克彦は青ざめた。華やかな場にばかり顔を出し遊んでいると思われたのだ。『総門谷』は地方紙の連載、『倫敦暗殺塔』は雑誌に発表しない書き下ろし、短編集『悪魔のトリル』の出版はまだ先の話。克彦の真面目な仕事ぶりを、森村は知る由もない。

『倫敦暗殺塔』の刊行は、受賞から一年半後の昭和六十年三月。受賞作と第二作の間がこれほど空いたのは、

乱歩賞三十周年記念祝賀会で歴代受賞者と

乱歩賞の歴史では例のないことだった。
それでなくとも無表情だと言われる日本人である。緊張感でますます強張《こわば》った顔をしてワルツを踊っている様子は、外国人にとってかなり不気味なものだったのかもしれない。衣裳の華やかさに較べて、寒々とした印象が鹿鳴館の夜会に絶えずつきまとっていた。

（中略）

〈仕方がなかろう……今の日本ではこれが精一杯じゃ〉
外国女性の肩にぶら下がるような格好で、ぎごちなく踊る伊藤の小太りした姿を遠くから眺めながら井上は苦笑した。
あの程度の男やオレが今の日本を背負っているのだ。考えてみれば当り前の話ではないか。

（中略）

天下などは預かっているだけのものだ、という意識が常に井上の中にある。それは大久保からであったり、高杉や久坂、松陰からであった。（中略）
〈今は耐えるだけだ。時間を稼いで、外国に追いつかにゃならん。オレ達がここで思いあがって国を動かしてしまえば終《しま》いだぞ。これからの日本にふさわしい人材がでてくるまで、外国を屁《へ》とも思わん人間が国中に溢れるまで、日本をぜひとも守り通さにゃならん……オレ達は繋ぎに過ぎんのだ〉

（小説『倫敦暗殺塔』）

作品そのものは、明治新政府が世界を相手に仕掛けた大トリックに瞠目させられる渾身の力作だ。
けれども世間は、『写楽殺人事件』に続く浮世絵ミステリーを期待していた。本はまったく売れず、作家になって初めて挫折感を味わう。

吉川英治文学新人賞

『倫敦暗殺塔』の挫折感を、二つ目の受賞が埋め合わせてくれた。同年十月に刊行された『総門谷』が、第七回吉川英治文学新人賞に輝いたのである。江戸川乱歩賞ほど知られてはいないが、新人から中堅へ進む上で大事なステップとなる賞である。これで担当編集者に顔向けできた、と胸をなで下ろす。

まことに壮大な物語である。なにしろ年数で数えても無意味なほど長い太陽系の歴史に、いや、この大宇宙の歴史に、作者がペン一本で立ち向っているのだから、その壮烈なことといったら天下の一大奇観である。(中略)

登場人物たちの微細な日常からゆっくりとはじまった物語が、みるみるうちに宇宙史や人類史の規模にまでふくれあがり、クライマックスと同時にふたたび個に還る。この最大値と最小値との幅に酔わされた。

(井上ひさしの選評)

『総門谷』は結局この一作では終わらず、一大サーガとしてシリーズになった。主人公の霧神顕は時空を超え、未

吉川英治文学新人賞の贈呈式

だ活躍中なのである。余談ながら、『総門谷』の冒頭で二人の男が立ち小便しながらUFOを目撃する場面は、克彦の父が遭遇した体験に基づいている。

郷土愛に感銘

同じ年、克彦の作家人生に大きな影響を及ぼす出来事があった。

取材のためレンタカーを借りて編集者と京都の大原辺りを回った。そのうち、うっかり山の中に迷い込んだ。（まだカーナビのない頃で）進んだ先に何があるか分からぬまま、とにかく道なりに上って行く。やがて日も暮れ始め、これは車中で夜明かしかなと覚悟していたら段々畑が見えた。奥深い山の中なのに、お婆さんが野良仕事をしている。（語り下ろし『東北・蝦夷の魂』）

お婆さんは町へ出る道を教えてくれた。一服するよう勧められ、近くの自宅でお茶をご馳走になる。「こんな山奥で寂しくはありませんか」。そう訊ねたところ、お婆さんはニコニコしながら山里の歴史を南北朝の時代から現代まで一時間たっぷり話してくれた。

岩手へ帰る新幹線の車中で突然、涙がこみ上げてきた。お婆さんの郷土愛に打たれたのだ。山奥でお婆さんが一人頑張っていられるのは、自分の暮らす土地に積み重ねられてきた歴史に誇りを持っているからだ。

克彦は滝沢村に住んでいた。もしも同じように道に迷った旅人が来て、「こんな田舎で寂しくないですか」と言われたら、自分はどう答えるだろう。滝沢村の歴史について一時間も語れるだろうか。

いや、滝沢村どころか、岩手の歴史も満足に語れない。

車中でそれに気がつき、いずれは生まれ育った郷土の歴史を題材に小説を書かなければ、と決心した。

日本推理作家協会賞

『写楽殺人事件』に続く浮世絵ミステリーを待望する声は強かった。そこで克彦は写楽、北斎、広重と続く浮世絵三部作を構想する。『北斎殺人事件』は、その第二部である。歴史ミステリー（『倫敦暗殺塔』）、ＳＦ伝奇（『総門谷』）、そしてホラー短編集（『悪魔のトリル』）。既に浮世絵ミステリー以外のジャンルで実力を示してきた。満を持しての取り組みである。

主人公は『写楽殺人事件』と同じ津田良平。恋仲だった国府冴子と結婚して郷里盛岡の私立中学校で日本史の教鞭をとる身だ。物語の核となる北斎隠密説を証明する過程は前作以上に精緻を極め、知的推理の醍醐味をとことん堪能させてくれる。作品の舞台も東京、ボストン、長野とスケール感に不足はない。過去の出来事である北斎の謎を追究すればするほど、現代に生きる津田の苦悩が深まる二重構造も効果的だ。女性を描くのは苦手という克彦だが、美貌のヒロイン執印摩衣子の造形には力がこもっており、忘れがたい印象を残す。

本堂の広い畳には十人ばかりの男女が仰向けになって寝そべっていた。（中略）天井絵があまりにも巨大すぎて、この姿勢でなければ全体の構図が摑めないのである。

津田は天井絵の真下に立つと楽しみを後に残す気分で、上を見てしまわないようにワザと目を瞑《つむ》って畳に横たわった。（中略）

息を整えると瞑っていた瞼を開いた。（中略）

色が空から滝のように降ってくる。視野を埋める鮮やかな色彩が眩《まぶ》しい。二十一畳分の天井一杯に描かれた鳳凰が津田を間近から睨んでいた。その目は今にも飛び降りて津田を飲みこまんとでもするかのように厳しい。驚愕を通り越して畏怖さえ覚える。

隣りの摩衣子に目をやると、いつの間にか彼女も並んで横になっていた。おなじように呆然として天井を見ている。（中略）

天井の装飾などという生易《なまやさ》しいものではない。天空に飛翔する神霊を網で生け捕りにして封じこめたのだ。

「天井絵もずいぶん見たけど……」

掠《かす》れた声が隣りからした。

「画面一杯の鳳凰なんてはじめて」

「自分がうんと小さな人間に思えてきた」

「不思議ね。おなじことを考えていたわ」

（小説『北斎殺人事件』）

岩松院の天井絵

『北斎殺人事件』は前作を凌駕したばかりか、今もって高橋克彦ミステリーの最高傑作とされる。通の間でも評判は上々で、昭和六十二（一九八七）年に第四十回日本推理作家協会賞を受賞する。知名度は乱歩賞に劣るものの、プロ中のプロが集まった協会の選ぶハードルの高い賞である。これで一人前のミステリーの書き手として認められた、と克彦は喜んだ。

協会賞の贈呈式には妻と出席した。夫婦の間に子供はいない。帰りの新幹線で、二人はしみじみと語り合った。

> こんなはずではなかった、と心底思う。（中略）
> バラ色の将来を信じて二人で頑張ってきたのである。それがどうだ。こうして実際に物書きになってみたら……毎日地獄ではないか。（中略）
> 家内にしてみれば、やっと物書きになれたんだからこれで少し楽ができると思ったらしい。美味しいものを食べて、ゆっくりと旅行にでもでかけ、温泉で体を休めてと考えていたのだろう。ところが、そんなヒマがまるでない。（中略）悪いと思いつつも頭は原稿用紙から離れず、あれこれとストーリーを思い浮かべている。
> （エッセイ「妻への詫び状」）

今度の受賞で原稿依頼は増え、書斎にこもりがちの毎日と

日本推理作家協会賞贈呈式の会場で　左端、吉田光彦
左から三人目、あがた森魚

なるだろう。旅行にも、おいそれとは行けない。どうせ家に縛られる生活なら、猫を飼いたい。ピーコを幸せにできなかった負い目から、猫を飼うのは諦めていた。だが、今なら面倒を充分に見てやれる。妻も猫は大好きだった。一も二もなく賛成する。

盛岡駅に着いたその足でペットショップへ向かう。優美なアビシニアンと決めている。店には生後三カ月の雄猫がいて、夫婦共に一目惚れだった。タクシーの中で猫を撫でながら名前も決めた。『北斎殺人事件』の賞金の一部を使った猫なのでホクサイにしよう。

その日から一人で仕事していても寂しくなくなった。プロになって半年ほどで、手書きからワープロに切り替えていた。キーボードを叩いていると、その音を聞きつけホクサイが寄ってくる。膝の上に乗ったり、近くのソファに寝転んだりして、仕事を見守ってくれるのだ。

最初の猫ホクサイ

初めてのホラー長編

読者をハラハラドキドキさせるサスペンス長編を、という書き下ろし依頼がきた。克彦は腹の内で、こう思った。編集者をうまく丸め込み、サスペンスではなくホラーの長編を書いてやろう。

怪談映画と恐怖小説に耽溺して育った克彦は、好きなホラーだけを書く作家になれないか、と夢想したことがある。売れなくてもいいから、時間をかけ珠玉の短編を丹念に紡ぎ出していくのだ。短編集『悪魔のトリル』で、その夢はある程度実現した。次はホラーの長編に挑戦したい！

今では信じられない話だが当時、ホラーは人気のないジャンルと見られていた。「長編でホラーはちょっと……」。編集者も尻込みする。しかも舞台は岩手県の盛岡市。背景となるのは東京か、せめて大阪とか京都とか有名な場所が望ましい。新宿や銀座や六本木であれば、誰でもイメージが出来る。盛岡のような地方都市では、そのための新たな説明が必要になる。「ホラーで地方都市の話なんて二重苦です」。それが編集者の考えだ。

負けん気が頭をもたげた。こうなれば絶対に面白く（怖く）して編集者を唸らせてやろう、と気合いが入る。

幼い少女の怜が交通事故のショックで異常な振る舞いをし始める。まだ七歳なのに、時代がかった言葉を使い、煙草を吹かす。原因を探るうち、何故か江戸の生人形師の影が見え隠れして……。

「なんで、ですか。なんであの子は平気なんです」

松室は寒気を覚えたように背後を確かめた。

怜はゆっくりとページを開いた。そこには切り裂きジャックが殺した無残な死体がある。大人でも思わず目を背けたくなるグロテスクさだ。女の子なら恐怖に泣き声を上げるだろう。

「勘弁してくださいよ。あの子はどうかしている」

松室が喉の奥で悲鳴をこらえた。怜は人形の隅々まで目を通し、眉根をよせて考えこんでいる。

恐怖の色など怜のどこにも見当たらない。

「悪いけど……精神鑑定はしてみたんですか」

「戸崎さんが保証してくれた。脳に障害はない」

「真夜中ですよ。ぼくなら絶対に見ない」

「きっと死体という感覚じゃなくて人形という目で見ているんだろうな。作り方に興味があるんだ」

「でも、わざわざあんな人形じゃなくても」

それは、そうだ。蠟人形の精巧さは、別のものでも確認できる。怜はわざと怖いものを選んでいるようだ。


（小説『ドールズ　闇から来た少女』）

巧まずして『ドールズ』は、克彦にとっての実験作となる。短編ならばともかく、長編のホラーは読者に受け入れられるのか？　読者に馴染みのない地方都市が舞台でも大丈夫か？　そして作中に個人的趣味を盛り込むのはＯＫか？　元祖オタクとも言うべき克彦は、『ドールズ』で初めて六〇年代ポップスへの偏愛をさらけ出した。

読者は全てを受け入れた。昭和六十二（一九八七）年に出版された『ドールズ　闇から来た少女』はシリーズとして書き続けられ、今も人気が高い。以後、克彦は自信を持って盛岡及び岩手県内を舞台とし、かつ作中で自分の趣味を全開させるのに躊躇しなくなる。

ジュブナイルに挑戦

ある日、あがた森魚から手紙が届く。デビューして半年もしない頃、克彦がファンだと知った共通の友人が、あがたを紹介してくれていたのだ。

手紙には、準備中のアルバムの付録にしたいので、五十枚ほどの小説を書いてくれないか、とある（CDと違ってジャケットの大きなLPならではの遊びだ）。

あがたがアルバムで繰り広げようとした世界は、こうだった。無名作家の書いた冒険小説を、あがたは古本屋で手にする。小説の主人公は、パリの屋根の上に出没するバンドネオンの豹（ジャガー）、実はタンゴを愛する日本人の貴公子。小説に魅了され、あがたは「バンドネオンの豹」と題したアルバムの制作に取りかかる……。

頼まれたのは古本屋で手に入れた（という設定の）小説だった。あがたと組めるのが嬉しく、アイデアは幾らでも浮かんできた。だが、そのアイデアをまとめるのに五十枚では、とても足りない。どうせなら、きちんと本にしたいと考えるうち、アルバム発売に合わせ、同題名の長編を書店に並べてはどうかと、今で言うメディア・ミックスを思いつく。

少年時代に血湧き肉躍らせて読んだドイルやベルヌの冒険SFを現代的に再現しよう、と先ず思った。自分が味わった興奮を、今の子供らにも経験してもらいたい。同時にある映画を思い浮かべていた。スピルバーグ監督の「レイダース／失われたアーク《聖櫃》」（81年）である。オカルト趣味に彩られたストーリーも好みだったが、何よりそのテンポの良さを取り入れたい。

執筆開始から脱稿まで、わずか一カ月。一気呵成に書き上げた。いきなり冒頭にギアナ高原が登場する。ドイルの『失われた世界』の舞台である。絶壁に囲まれた巨大台地には恐竜が跳梁している。バンドネオンの豹に手を貸すのは新ノーチラス号の艦長ネモ。言うまでもなくベルヌの『海底二万里』の万能潜水艦と艦長だ。そして世界征服を目論む最強の敵は怪人サーベルドラゴン。名作のエッセンスを盛り込みつつ、ジュブナイルの新古典と呼びたい作品が誕生した。


「今なら信じてもらえるかもしれません」

バンドネオンの豹は皆の顔を見渡した。

「サーベルドラゴンの正体をお聞かせします」

和田はポカンと口を開いた。

「あなた方はヒトラーが地下王国の存在を信じて全世界に探検隊を送りだしていたことを知っていますか」

「ヒトラーが地下王国を！」

「しかも一人の邪悪な魔術師を信頼し、彼の予言によって戦いを進めていたということを」

全員に寒気が走った。

「言わば……第二次世界大戦は、たった一人の悪魔の囁《ささや》きによって引き起こされたものなのです。魔術師の名前はハウスホーファー。それが、サーベルドラゴンの正体です」

（小説『バンドネオンの豹』）

初のジュブナイルを楽しく書けた克彦は、続編を念頭に『バンドネオンの豹1／地底王国の冒険』というタイトルにした。だが続編には、なかなか手がつけられない。業界の不文律として、デビューさせてくれた出版社には三年間だけ執筆依頼の優先権があった。その三年間に克彦は実力を充分に証明していた。猶予期間が過ぎると、待ちかねていた各社からの依頼が相次ぎ、続編を書く余裕はなくなった（続編の『聖豹紀』が出版されるのは、およそ十年後）。気がつけば、克彦は売れっ子の仲間入りを果たしていたのである。

自作を映像化

昭和六十三（一九八八）年六月、一時間半のテレビドラマ「六芒星は知っている　１９９X年」がオンエアされた。克彦の原案による初めての映像化作品である。

岩手で暮らしながら全国に向けて仕事をこなす克彦は、地元マスコミにとって重宝な存在だった。マイクに話すのは嫌いではない。何かとコメントを求められ気軽に応じてきた。岩手放送の人間と親しくなり、酒を飲みながら企画を語り合うこともあった。

ある時、原案を書くからドラマを作らないか、と提案してみた。予算と人員に限りのあるローカル局では不可能。制作サイドは消極的だった。克彦の考えは違う。プロの俳優を使ったり、セットを拵える必要はない。凝った照明も不要だ。カメラを一台担いでドキュメンタリーを撮るようにして作ればいい。

克彦は構想を語った。東北のパワースポット（青森の大石神ピラミッド、秋田の唐松神社と大湯ストーンサークル、岩手の黒石寺と館石野ストーンサークル、そして五葉山ピラミッド）に秘められた超古代文明の謎をドキュメンタリーとして実際に取材・撮影する。だから画面に映るのは俳優ではなく、その場にいる現地の人たちだ。そして、六カ所のパワースポットが一つに結ばれた時、人類滅亡の危機を救う巨大な力が放出され……という内容である。

気鋭のディレクターが話に乗ってドラマ化が決まる。狂言回しとなるアナウンサーは当時、県内でアイドル的人気のあった戸田信子。彼女の取材相手の一人として、克彦も本人役で出演する。作家ならではの推理をしてみせる役どころで台詞も多い。戸田アナと東北各地を歩き回る若々しい姿が印象的だ。滝沢村の自宅の書斎が映っているのも貴重であろう。

ドラマの中で戸田を持ち上げて運ぶロボットはスタッフの手作り。ヘルメットと背中のボンベをつなぐ管は、よく見ると掃除機のホースであった。人類の存亡に関わる壮大なストーリーなのに、制作費はたった百五十万円。さすがに画面のチープさは免れない。正に珍品中の珍品である。

だが、克彦には特別な思い入れがあった。そこにはデビューして日も浅い、未来への溢れんばかりの希望を胸に抱いた、四十歳に成り立ての自分がいる。克彦にとってはタイムカプセルのようなドラマなのである。

この原案を膨らませ、数年後には『星封陣』という小説も書いている。主人公は百キロを超す肥満体の若者、緋星幸丸。石の封印を解くたび、体内のエネルギーを使い切るので、どんどん痩せていく。六カ所を回り終わった頃には、スマートな二枚目の誕生となる。

脂汗を流しながら幸丸は叫んだ。体の中からどんどん力が抜けていく感じだった。指と石とが解け合ってこちらのエネルギーが奪われていく。(中略)

矢じりの刻みの部分が青白く光を放っている。信じられない現象だ。

突然——

その青白い光は一本の束となって真っ直ぐ上空に伸びた。二人は光の矢を追い掛けて天を仰いだ。青空のはずなのに、天空は暗く感じられた。空にどこまでも伸びるビームの明るさの方が太陽の光に勝っているせいだ。

(中略)

「このビームにどんな意味があろうと……人間の遺産じゃないことだけは確実だ。遠い時代に宇宙人がこの日本にやって来たのは疑いもない。そして……それがぼくの先祖だってこともな」

(中略)

「まるで別人のようですよ」

「どこが?」

「見た目だけでも十キロは痩せています」

「まさか」

高橋克彦ファンクラブの発足会

幸丸は頬に手を当てた。なるほど、少し肉の落ちた感触があった。続いてベルトを確かめた。腹とベルトには手首が楽々と通る隙間ができていた。

「先祖がくれたプレゼントかな。あんなに頑張っても、ちっとも痩せなかったのに」

（小説『星封陣』）

この前代未聞のキャラクターには、肥満に悩み始めた克彦の願望が秘められていそうだ。けれども喫煙、飲酒、偏食、運動不足、加えて徹夜も珍しくない不規則な生活では、いくら原稿にエネルギーを注ぎ込もうとも本人が痩せることはない。

最初の頂点

作家デビュー六年目。克彦は最初の頂点を迎えた。長らく連載していた『竜の柩』を完結させ、平成元（一九八九）年に上梓したのだ。このSF伝奇の大長編だけは、誰にも真似できない克彦の独壇場だ。先に『北斎殺人事件』こそ高橋克彦ミステリーの最高傑作と書いた。だが、ミステリーという装いはまとっていないものの、この『竜の柩』こそは『北斎殺人事件』以上に、知的推理の面白さを追求した大傑作なのである。

当人にも代表作となる予感があったのだろう。空を飛ぶ巨大なモノを描写した気迫漲るプロローグから、作品に懸ける意欲が伝わってくる。

——激しい風雨の吹き荒れる闇を、一条の太い稲妻が斜めに貫いた。空は真昼のように晄々《こうこう》と照らされる。その瞬間、天空を飛翔《ひしょう》する巨大なモノの姿がはっきりと闇に浮かび上がった。丸い目玉は瞬《まばた》きもせずに前方を睨んでいる。痩せた胴体の両脇に生《は》えた翼の片方が傷ついているらしい。それは幾度も漆黒《しっこく》の空に駆け上がろうとしてもがいた。だが、黒い地面との距離は確実に狭まっていく。絶望と悲鳴の入り交じった咆哮《ほうこう》が五千メートル下の大地にまで伝わって地表を鳴動させた。

獣たちが騒ぐ。何十万羽の鳥は眠りを妨げられた怒りよりも、むしろ怯《おび》えた声を出して一斉に枝から離れた。どこまで飛行しても空の上からの叫びは耳についてくる。必死に逃げ惑う鳥たちが闇夜と恐怖に方向を見失い、巨木に衝突して次々に地面に墜《お》ちた。川から大地に奔流した泥水が鳥の死骸をあっさりとさらっていく。上空の悲鳴はさらに大きく響く。（中略）

モノは、後に龍と呼ばれて人々から畏怖される存在となる。

（小説『竜の柩』）

古来より竜は、西洋では悪魔と恐れられ、東洋では神と崇められている。何故、西洋と東洋では正反対の扱いなのか？　そもそも竜とは一体、何だったのか？　その謎を明らかにすれば、人類の歴史が根底から変わる。そう確信した克彦は、神＝エイリアン＝竜という仮説を立て、実証できる当てもないまま雑誌連載に突入する。

連載中は、いつ締切を落とすかと、ヒヤヒヤの連続だった。資料の山を掘り返し、何とか謎の核心に迫ろうと脳髄を絞り抜くが、一向に解決への道筋が見えてこない。二年がかりで千二百枚の原稿を書き上げた時、「こんな小説は二度と書けない」と本心から思ったそうである。

克彦は雄大かつ緻密な構成力の持ち主と評されることが多いが、実は全体の構成を立てて書き始めることは、あまりない。本人にも先が分からぬからこそ、スリリングな展開の小説が書けるのだ。結論など書いているうちに見えてくる。そんな楽天性が克彦にはある。思うに、それこそが大長編を書く上で最も必要な資質なのであろう。書き続けてさえいれば、いずれ道が拓ける。そう自分で信じ込めないと、数年に及ぶ長丁場はとても乗り切れぬに違いない。

膨大な資料を駆使して仮説を証明する過程で、独自の世界史観・日本史観が確立された。神から知識を授けられた人類は、メソポタミアで最初の文明を建設。やがて神同士の争いが始まり、人類も二つに引き裂かれる。メソポタミアを追われた者の一部は、日本へ渡って縄文文化を育んだのではないか。この歴史観は創作上の大鉱脈となる。そこから『刻謎宮』『総門谷R』『星封陣』が生まれ、やがては東北の歴史の見直しを迫った『炎立つ』『風の陣』『火怨』へと至る。

麗人フミ

『竜の柩』を上梓した年、家族が増えた。雌猫のフミである。

ある日、生まれてまだ一カ月ほどのノラの子猫が家の玄関の前でミャーと鳴いて居座り始めた。猫が一匹だけ迷い込むということはふつうはない。私は直感的にホクサイの子ではないかと思った。（中略）ホクサイはふらっと出て行っては二日以上帰ってこないことがよくあったのだ。外で産ませた子に違いない。それでホクサイが自分の子を玄関に連れてきて、「ここで待て」と言ったのではないか。

（エッセイ「私の猫だま」）

毛並みはそっくりだが、顔立ちは似ていない。どうやらホクサイは、よほどの面喰いだったらしい。母猫の美貌を受け継いだ（と思われる）子猫は、やがて異性を悩ます小悪魔に成長する。克彦いわく「野良猫の姿を窓から見かけると、大した関心もないのに、悩ましげな声で誘う」ようになったのである。

名前はフミと決めた。家の外で放蕩を重ねるホクサイは、人間で言えば『火宅の人』だ。同題名の有名小説の作者は檀一雄。娘は女優の檀ふみである。その連想でフミとつけた。本人が知れば気を悪くするかも知れないので、名前の由来は内緒にしている。

二匹目の猫フミ

私の一番弟子

作家に成り立ての頃、克彦は都筑道夫の弟子となっていた。

弟子と言っても、私は押し掛け弟子である。センセーに手とり足とりで教えていただいた内弟子ではない。ただひたすらセンセーの作品が好きで読んでいた。けれど、もし私に物書きとしてのセンスがあるとしたら、その大半はセンセーの本から学んだものだ。だからやっぱり師匠なのだ。

（エッセイ「都筑道夫センセーの新作が出た」）

憧れの作家だった。アクションだろうがサスペンスだろうが、エンタテインメントなら何でもござれ。物書きの役割は面白い物語を読者に提供すること。職人に徹する都筑の創作姿勢は手本であった。

平成二（一九九〇）年の春、新作のため岩手を取材するというので案内役を買って出た。東京から盛岡へ向かう新幹線では、隣に座っているだけで気持ちが高揚した。ファンだった時の気持ちが、どうしても抜けないのだ。その日は盛岡に泊まり、差し向かいで酒を飲んだ。料理を運ぶ仲居さんに「この方は俺の師匠で、日本一小説の上手いセンセーだ」と何度も繰り返す。さすがに都筑は呆れた顔をした。

翌日は遠野、花巻、次の日は秋田へ移動し角館、田沢湖、それから岩手に戻り小岩井農場、最後の日は盛岡市内の名所と古本屋を巡った。花巻温泉に泊まった晩は、同じ部屋に布団を並べて寝た。都筑は興に乗って、岡本綺堂の『半七捕物帳』や久生十蘭の『顎十郎捕物帳』の魅力を話してくれた。やがて眠りに落ちた都筑の寝息を聞きながら、克彦はセンセーを独占している喜びを噛みしめた。

数カ月後、出版社を通じて『南部殺し唄』のゲラが届いた。読んで一驚した。同じ風景を見ていた筈なのに、都筑の描写の切れ味は予想を上回っていた。

――この四日間、朝から晩までセンセーのお供をして、多大なる教えを授かった。なにより重要な

都筑道夫と遠野を歩く

のは、おなじ時間におなじ場所を眺めたことだ。私も一応は物書きなので、ここはこういう風に書く、とか、この景色からはなにを連想する、とか、センセーと肩を並べながら自分なりに考えていた。それに対してのこれは模範解答のような小説である。

（エッセイ「都筑道夫センセーの新作が出た」）

まだまだ師匠には及ばない。そう反省する克彦にも弟子が出来た。盛岡で都筑との関係を自慢していたら、その場にいた作家志望の青年に訊ねられた。「高橋さんに弟子入りすれば、ボクは都筑先生の孫弟子になりますね？」。そうだ、と頷く克彦。「では弟子にして下さい。ボクも都筑さんの大ファンなんです」。俺のファンではないのかよと思いつつ、青年の才能を認めていた克彦は面白半分で受け入れた。

初めての弟子のため、デビューへの近道となる秘策を授けた。先ず自費出版で本を一冊出せ。「編集者は生原稿には厳しい見方をするが、本にまとまったものだとリラックスして読んでくれる。もう本になっているのだからと、大した責任も感じず手にするんだね」。

狙いは当たった。本を送られた克彦の担当編集者が、長編書き下ろしを依頼してきたのだ。デビュー作となった作品は

盛岡駅にて　左から中津文彦、山村正夫、克彦、斎藤純

『テニス、そして殺人者のタンゴ』、弟子の名は斎藤純である（後に日本推理作家協会賞を受賞）。

歴史小説を書く

『歴史街道』平成二年四月号から『火城』の連載は始まった。克彦が初めて手掛けた歴史小説である。『総門谷』シリーズで平安時代を舞台にしていたが、ジャンルとしては伝奇SFであり、史実よりは想像力で拵えた世界だった。

いつか歴史小説を書かなければ、という思いは強かった。若い頃、夢中になって読んだ司馬遼太郎への尊敬から、それはきていた。特に江藤新平を描いた『歳月』には強い印象を受けていた。浮世絵研究のなかで、克彦は佐野常民の存在を知る。明治の美術界で先進的な役割を果たした美術団体「龍池会」の世話人としてだ。佐野も江藤と同じ佐賀の人である。調べれば調べるほど、興味深い人物だった。ウィーンの万国博覧会では日本側責任者として活躍し、後には日本赤十字社の生みの親となる。さらに前半生を辿ると、佐賀藩を日本の将来を守る城とすべく、西洋の技術導入に力を注いだ人物であると分かった。テレビドラマの名作「天下堂々」を見て好きになっていた、からくり儀右衛門こと田中久重と密接な関係があることもだ。

岩手と佐賀は遠く離れているが、思い切って取材に行ってみた。すぐ好きな土地だと実感した。佐野は歴とした侍なのに、しばしば泣いたそうである。そのエピソードを知って、書けると思った。盛岡に戻って、最初の一行にこう記した。「泣く、ということはひとつの才能である……」。

泣く、ということはひとつの才能である。

女や子供ならともかく、今の世にあっても男の涙は人に軟弱な印象を与える。武士の世ではなおさらだった。たとえ親や子が死んでも、男は決して涙を見せるものではないと厳しく教育されている。それは日本すべての藩内においてそうだったであろう。ましてや、武士道とは死ぬこととみつけたり、の決然とした一言から説かれる『葉隠《はがくれ》』を家訓とした肥前佐賀藩ではもっと徹底していたはずだ。

涙は武士にあるまじきものだった。

なのに――

この男はしばしば泣いた。

（中略）

男の名は佐野栄寿《さのえいじゅ》、後の常民《つねたみ》。

日本赤十字社の生みの親である。

（小説『火城』）


司馬遼太郎を彷彿とさせる書き出しである。やがて『火城』は、思いがけぬ仕事をもたらす。

時代小説を書く

浮世絵研究家でもある克彦は、時代小説を書かないかと勧められることが多かった。最初の時代小説『舫鬼九郎』の連載は、『週刊小説』平成三年八月号より開始となる。『火城』の連載が順調だったので、今なら時代小説に取り組んでも大丈夫だと思ったのだ。克彦いわく「超能力や妖術と無関係な純然たる時代小説を書いてみたくて取り掛かった」。

克彦の場合、実在の人物を主人公に地方の視点から歴史を捉え直すのは歴史小説、江戸を舞台に正義のヒーローを自由な発想で活躍させるのは時代小説、と使い分けている。

実のところ克彦は歴史そのものに詳しい訳ではない。作家にとって知らないのは恥と言えない。知らないからこそ先入観なしに向き合えるし、専門家が気づかぬ発見も期待できるのではないか。勿論、いざ書くとなれば題材に関係した資料を最低、本棚一つ分は読破する。プロとしてのルールだ。

将軍家光を調べていたら面白いことが分かった。同時代に講談や歌舞伎で知られた有名人がゴロゴロいたのである。日本一の剣豪・柳生十兵衛、江戸きっての男伊達・幡随院長兵衛、南蛮渡りの妖術使い・天竺徳兵衛、吉原が生んだ最高の美女・高尾太夫など。これで小説は半分できたな、と思った。後は彼らを束ねる正義のヒーローをどうするか。

ネーミングには凝るほうだった。名が定まれば、自ずからキャラクターが見えてくる。ヒーローの名は舫九郎とした。津軽に靄山という神秘の山がある。古代のピラミッドとされ、UFOの目撃例も多い。克彦は「舫う」が転じて靄山になったと睨んでいる。文字通りUFOが錨を下ろして舫う山で

四十代前半　横尾忠則と

はないのか。九郎は源九郎義経からいただいた。女も羨むほどの美男で、緋炎と名づけた剣をふるって天下無敵。そして背中には愛染明王の刺青。

「無駄《むだ》な殺生《せっしょう》を……」

暗がりの中から般若面に声をかけた者が居る。般若面はぎくっとして振り返った。月明りに姿を見せたのは黒い着流しに総髪の若い浪人だった。梵字《ぼんじ》らしきものを白く染め抜いて紋の代わりとしている。

「貴様もこやつらの片割れか」

隙のない身のこなしを警戒しながら般若面は質《ただ》した。異様に長い柄《つか》が気になった。握り拳《こぶし》で五つはある。これでは柄の長さが邪魔をして刀を自由に動かせないだろう。

「新陰流の名が泣きますよ」

男の言葉に般若面はたじろいだ。

「殺生のための剣ではないでしょう」

「貴様、名はなんと言う」

（中略）

「舫《もやい》九郎……時として鬼九郎とも」

（小説『舫鬼九郎』）

『舫鬼九郎』は様々な謎を残したまま幕を閉じる。登場人物に愛着を覚えた克彦が、一作きりで終わらせるのが惜しくなり、シリーズ化に方針を変えたためである。

引っ越しました

平成三（一九九二）年の夏。十四年間住んだ滝沢村を離れ、盛岡市内の新居へ引っ越した。一カ月が過ぎても、家の中は落ち着かない。推定三万冊の蔵書が原因である。そもそも新築を決めたのも、本が増え続けたせいだった。

自分が買い求める本の他にたくさんの出版社から雑誌や単行本が連日のように配達されてくる。うっかり書斎の床にそれを積み上げておくと（一年もしないうちに）八畳間が完全に用を成さなくなるだろう。それで何カ月かに一度は整理を余儀無くされる。その繰り返しを七、八年続けているうちに、とうとう限界がやって来た。書庫を増築するか、もっと広い書庫を備えた家を建てるしかない。

（エッセイ「引っ越しました」）

滝沢村の家は平屋で、棚をこれ以上増やすのは難しい。広い書庫のある家なら、仕事の効率も良くなるだろうと期待していた。

本を入れた段ボール箱は二百八十個あり、それだけで四トン車の荷台が埋まった。新しい書庫には天井まである本棚がズラリ並んでいたが、とても入りきらない。幸い棚に奥行きがあったので、本を二重に押し込んだ。

引っ越しのため一週間、予定を空けていた。だが、片付けの半分も終わらぬうち時間切れとなり、締切が押し寄せてきた。原稿を書こうにも、必要な資料がどこにあるか分からない。必死で探してはワープロに向かう。書庫を整理さえすれば、効率が上がるのは分かっている。

けれども、その時間がない。新たな締切のたび、資料探しで悪戦苦闘。悪循環の泥沼にドップリはまってしまった。

新築祝いに来た編集者は書庫をチラッと覗いて、「こりゃ一年はかかりますなぁ」と他人事のように笑う。

救いは庭に拵えた自慢の環状列石である。両親が暮らす鹿角市には全国的に有名な大湯ストーンサークルがあり、常に想像力をかき立ててくれる場所だった。大湯ストーンサークルを象徴するのは日時計状の組石。それをそっくり再現して作らせたのだ。

側にあればいつでも見られるという理由が一番大きい。雨の日、霧の朝、夕焼けの中、雪の昼、状況が変わるごとに私は庭に出てストーンサークルを眺めている。（中略）月の皓々と輝く秋の夜にストーンサークルの間近に備えた椅子へ腰掛けミルクティーなどを飲んでいると、とてつもない恍惚に包まれる。きっと縄文人たちもこうしてストーンサークルを囲んで宴をしていたような気がする。月の光を浴びて青白く燃え立っている中心の石柱

自宅の庭に拵えたストーンサークル

〰には確かに神の存在さえ感じられるのだ。

（エッセイ「霊地を旅する」）

個人の家にストーンサークルがあるのは、日本中で克彦の自宅だけではなかろうか。

第四章

大衆文学の頂点を目指す

——直木賞以後

記憶にこだわる

引っ越しをした年の九月二十五日。ＮＨＫの夜のニュースが、再来年の大河ドラマは「奥州藤原四代（仮題）」に決定と報じた。岩手を主な舞台にした大河ドラマは、これが初めて。ドラマのために新たに原作を書き下ろすのは地元の克彦である。県民の期待は、いやが上にも高まった。めでたい話は、さらに続く。平成三年下半期の第百六回直木賞に、ホラー短編集『緋い記憶』がノミネートされたのだ。克彦この時、四十四歳。

乱歩賞でデビュー後、吉川英治文学新人賞と日本推理作家協会賞を獲得し、売れっ子の仲間入りは果たしている。だから直木賞への執着はなかった。そもそも取れるとは思っていない。ホラーで直木賞を受賞した例は皆無である。だからノミネートは辞退するつもりでいた。大河ドラマ原作者が落選したら、ＮＨＫに恥をかかせると思ったのだ。

候補の諾否を保留にしてもらい、しばらく考えることにした。（中略）

家内は私の様子を何日かじっと見守っていた。内心では大人げない態度だと苦々しく思っていたのだろう。いよいよ正式な返事をしなければいけなくなった当日。家内は私に一つだけ聞きたいことがある、と言った。『緋い記憶』という作品集はあなたにとってどういう位置付けの本なのか、という問いだった。「一番愛着を持っている本だ」と私は応じた。（中略）あの本には自分が最も投影されている。自分がどういう人間であるのか、問われたら躊躇なく『緋い記憶』を読んで欲しいと答える。（中略）家内は続けた。

「本はあなたにとっての子供じゃないの。親は子供に対して責任があるはずだわ。せっかく子供が伸びようとしているのに、親のあなたが自分の立場ばかり考えていたら可愛そうだと思わないの」

（エッセイ「親の責任」）


間もなく諾否を問う電話があった。克彦は「喜んでお受けします」と返事した。

妻に答えた通り、『緋い記憶』は克彦の個人的な思いが詰まった短編集だ。舞台となるのは、生まれ育った岩手の様々な地域。主人公の「私」は、等身大の克彦の姿そのもの。作中に登場する過去の風景、人物、出来事の多くは、本人の記憶に基づき描写されている。


「で？　どんな本」

「昭和三十八年版の盛岡住宅地図」

（中略）

私は加藤から地図をひったくった。

開かれている頁には私の町がそのままの形で凍結保存されていた。

祖母の家の裏手には、今はない料亭「音羽」も存在している。夜中にトイレに行くと、その狭い窓から音羽の二階廊下が見えた。私がこっそり覗いているのにも気づかず、廊下の手摺《てすり》に凭《もた》れて口づけをしている男女がいたり、胸元をはだけて風を送りこんでいる若い芸者もいた。その真っ白な肌が目に浮かぶ。

（中略）

「どうだい？　ちょいとしたタイムマシンだとは思わないか」
地図を食い入るように見詰めている私に加藤がしたり顔で笑った。
（小説『緋い記憶』）

克彦ほど記憶にこだわり続けている作家はあるまい。記憶には実体がない。そんな曖昧なものに何故、魅せられてやまないのか？

最初は単なるノスタルジーだった。作家稼業は過酷である。「いい年してあまりのつらさに涙を流すような職業は他にない」と本人もこぼしている。克彦は六〇年代ポップスのレコードコレクターでもある。レコードに針を落とせば思い出が甦る。現在の生活に対する不満から、音を通じて懐かしい過去へと逃避する。過去は克彦を裏切らない……筈だった。

記憶の海に錘りを深く下ろすうち、意外な事実が分かってきた。自分の記憶だと信じていたものは、実のところ克彦が、かくあれかしと願ったことにより、微妙に本来の姿とは違う形に変わっていたのである。

例えば、こんな思い出。小学時代、転校生だった克彦は、クラスのボスに命じられるまま、猿の物真似をして見せた。馬鹿受けだった。級友の笑い顔を見て、克彦も喜んだ。やがては演劇に熱中する

短編集『緋い記憶』の表紙に描かれた番屋の前で

克彦である。人前で自分を表現してみせるのが好きだったからだ。

実際は、こうである。その教室に弟の裕男が泣きながら飛び込んできて、ボスに殴りかかった。兄が笑い物にされるのが耐えられなかったのだ。克彦は、いじめられっ子だった。その屈辱を感じずに済むよう、むしろ積極的に道化を演じていたのだった。

父の都合で克彦は県内各地を転々として育った。子供社会はシビアだ。よそ者には容赦がない。一日も早く転校先に溶け込むため、他人の気持ちを察するのが得意になった。学校で付き合いのいい少年を演じる反動から、一人の時は心の中に拵えた自分だけの世界で遊んだ。現実がどんなにつらくても、心の中の世界では、それを甘美な記憶に変換させられる。

記憶をテーマに選んだことで、嫌でも過去の本当の自分と向き合うことになった。だから簡単には書けない。年に二作か三作ポツリポツリと書き溜め、ようやく一冊にまとまったのが『緋い記憶』なのである。

発表を待つ

絶対に取れない、と決めてかかっていた。だからマスコミの事前取材は全て断っていた。選考会当日の自宅待機に付き合いたいと言う編集者にもほとんど遠慮してもらった。わざわざ盛岡まで足を運ばせ落選では申し訳ない。

当日は夕方まで原稿を書いていた。

二十五日発売の雑誌に掲載する連載小説だった。約束の枚数は三十五枚。なのに十六日の夕方の段階で渡した原稿はたった十二枚。（中略）翌日の朝一番で入稿しないと、雑誌にアナが空きかねない。もちろん、雑誌の担当者もこの日が選考会ということを知っている。（中略）（担当者と相談して）二つの方針が決められていた。もし受賞となったら、特例として締切りを十八日の朝まで延期してくれる。が、落選の場合、私は徹夜で十七日の朝に間に合わせる。

（エッセイ「ありがとう」）

ごく親しい編集者と友人が数人、夕方から集まってきた。担当者との約束は内緒にした。続きを書いていたかったが、好意で来てくれた人間を追い返す訳にはいかない。

一緒に酒を飲み始めた。誰も選考会のことを口にしない。他愛ない雑談で時間が過ぎていく。受賞すれば締切が一日延びる。だが、それはあり得ない。落選と決まった時、どう爽やかに敗北宣言をしてみせるか、そればかりを考えていた。

電話が鳴った。受話器の向こうから「おめでとうございます」の声。仲間が一斉に歓声を上げる。予想外だったので、すぐには実感が湧かない。真っ先に感じたのは、今夜は徹夜せず済む、という安堵だった。

『緋い記憶』の中に、物凄い秀作があった。「ねじれた記憶」がそれで、深夜、ひとり個室で合わせ鏡の中の自分の姿を見たときのような恐ろしさを味わった。鏡で出来た長い長い廊下に無数の自分がならんでいる。それも同じ顔で、同じ姿勢で。物語の構造もそうなっていて、一度目より二度目、二度目より三度目と読み返すたびに鏡地獄に落ちて行く。小説の題材も形式もすべて書きつくされたという噂さえあるのに、これはまったく新手の物語構造である。

（井上ひさしの選評）

足下から吹きつける強い風が体を揺らせる。私はやはり恐怖を覚えた。（中略）私は崖から目を離して宿の方を振り向いた。

〈なにをしてるんだ？〉

早くきてくれないと決心がグラつく。

が……だれの人影も見えなかった。（中略）

私は一枚の写真を財布から抜き出した。母と七歳の時の私が並んで写っている。三十年以上も昔の写真だ。すっかりセピア色に変色し、表面には無数の傷もある。（中略）それでも、私にはたった一枚の母の写真だ。これまでに何度この写真を眺めては泣いたり懐かしんだりしたことだろう。母はこの写真を撮影した夜に死んだ。場所は……私が今泊まっている宿だ。

躊躇を振り切って私は写真を破いた。

細切れになるまで指に力を入れた。

掌を広げると写真は空に舞った。母と私がちりぢり

直木賞の贈呈式　中央は同時受賞の高橋義夫、右は芥川賞受賞の松村栄子

に離れて宙に上がって行った。
涙が後から後から湧いていてきた。
〈母さんも辛かったんだろうな〉
三十年以上も経ってから、私はようやく母の死の理由を突き止めたのだった。
そして、私が生きてきた意味も……。
（小説「ねじれた記憶」）

井上ひさしばかりでなく、選考委員の反応は概ね好意的だった。「一つ間違うと才智だけが目立ってしまうところを、人間の記憶の怖しさでまとめ上げたのが成功している」（平岩弓枝）、「（独自の作風を確立している作家が）受賞するためには、一種、新しい境地を切りひらく野心的な作品が現れなければならない。その困難を見事にクリアした」（五木寛之）、「一話一話が精緻に作られている。これだけ怖い小説を作る作者の蓄積に感じ入った」（田辺聖子）。

『緋い記憶』は第百六回直木賞に輝いた。第十八回の森荘已池（『山畠』『蛾と笹舟』）、第四十九回の佐藤得二（『女のいくさ』）、第七十六回の三好京三（『子育てごっこ』）、第九十六回の常盤新平（『遠いアメリカ』）に続く、岩手で五人目の受賞者に、克彦はなったのである。

NHK大河ドラマ

平成四（一九九二）年四月二十一日、NHK大河ドラマ「奥州藤原氏四代（仮題）」の正式タイトルが発表された。原作者の克彦の命名による「炎立つ」である。

「中央ではなく地方の視点で捉えた平泉の藤原氏三代の歴史が描けないだろうか」。それがＮＨＫの狙いだった。克彦に白羽の矢が立ったのは、岩手在住という点のほか、佐賀出身のプロデューサーが『火城』に感銘を受けていたためである。佐野常民は佐賀以外ではほとんど知られていない。それを遠く岩手の作家が書いてくれた。喜んだプロデューサーは、この人に原作を頼みたい、と思ったのだ。

最初に打診された時、是非ともやるべき仕事だと直感した。注目度の高いドラマの原作だからではない。時間をかけて郷土の歴史に取り組める絶好の機会だと感じたからだ。けれども日本史の知識（世界史もだが）に欠落の多い克彦は、清衡・基衡・秀衡という奥州藤原氏三代の名前すら、うろ覚えであった。

前向きに検討したいと返事してから、必死で資料を読んだ。直感は正しかった、と確信を得た。藤原氏三代は黄金の力で成り上がったと考えられているが、どうやら違う。初代清衡の父・藤原経清が公家の身分を捨て、藤原氏三代より前に陸奥を支配していた安倍一族に協力したのは何故か？　骨肉の争いを経て藤原氏三代の礎を築いた初代清衡は、平泉にいかなる理想を託したのか？　平泉を滅ぼす原因となった四代目の泰衡は、本当に愚かで卑怯な男だった

「炎立つ」制作開始記者発表会　左から渡辺謙、古手川祐子、克彦、鈴木京香、新沼謙治

のか？

『炎立つ』は前九年・後三年の役から平泉滅亡までの一五〇年近い歴史を辿る物語となる。当然、一人の主人公だけでは物語が成立しない。藤原経清、藤原清衡、そして藤原泰衡。三人をそれぞれの時代の主人公に配すると決めた。彼らを描き切れば、奥州藤原氏とは何であったのかが分かる筈だ。執筆を引き受けるに際して、条件を二つ出した。先ず奥州藤原氏の前の安倍一族から物語を始め、さらには源義経が生きて北へ逃れたという北行伝説にも光を当てたい、という希望である。源氏最強の武将・源義家と対等に戦った安倍一族は、未だ謎が多い。安倍氏から藤原氏への変遷を描くことで、黄金文化が花開くまでの過程が解き明かせる。北行伝説が真実と分かれば、藤原泰衡の汚名も晴らせる。

義経をほとんど騙し討ちの形で殺し、鎌倉の頼朝にへつらい、最後には頼朝からも討たれてしまった男。それが泰衡に対する大方のイメージであろう。（中略）以前より、この評価に疑問を抱いていた。（中略）「義経北行伝説」を私はどこかで信じたい思いがあって、それを真実とするなら、泰衡が義経を殺せたはずはない、と単純な二段論法で泰衡の無実を主張していた（中略）平泉の藤原氏には成金的な印象が付き纏っている。（中略）黄金の力で文化を買った、という認識を持っている人々が多いはずである。このイメージを払拭しない限り、どんな物語を作っても無意味だ。（中略）藤原氏の発展した過程を解明することは今の日本の進むべき道の示唆にも成り得ると感じた。

（エッセイ「歴史が教えてくれるもの」）

ドラマの撮影初日には、克彦も駆け付けた。雪の降りしきるロケ地は、江刺市（現在の奥州市）に誕生した歴史公園「えさし藤原の郷」。広大な敷地に三十億の巨費を投じ、寝殿造の館や古代の城柵が再現されている。藤原経清を演ずる渡辺謙の勇姿を、克彦は惚れ惚れと眺めた。だが、ロケを見られたのは、その日だけ。撮影と原作執筆が同時進行しているので、呑気に見物どころではなかったのである。

かつて陸奥の人々は蝦夷《えみし》と呼ばれ、都の者らから帝の威令に従わぬ獣に等しき野蛮人と蔑まれていた。その差別意識は現在まで続いている。

東北の歴史は中央政権から虐げられ続けた歴史である。いわゆる正史は勝者の都合で記される。敗者である蝦夷の本当の姿は正史から見えてこない。

では、どうするか？　ＮＨＫに頼み、東北各地で語り継がれてきた伝説や伝承を集めてもらった。数カ月後、各支局から資料が段ボール箱で届き始める。あまりの量に頭を抱えたが、丹念に読み進めるうち、正史から抹殺された過去の真実が見えてきた。親から子、子から孫へと、蝦夷たちの歴史は伝わっていたのである。

『炎立つ』を執筆することで、克彦は新しい歴史小説の書き方を摑んだ。司馬遼太郎は

ロケ初日　渡辺謙と

常に歴史を俯瞰して書いた。登場人物の未来に何が起きるかを、司馬は知っている。だから神の視点で書けるのだ。克彦もそれが歴史小説の書き方だと思っていた。けれども、それでは登場人物が作者の操り人形になりかねない。

克彦は『炎立つ』で、その書き方を捨てた。作者と違って、登場人物は自分の未来を知らない。その瞬間起きることに、その都度向き合って行動するだけである。克彦も同じ立場に自分の身を置いた。ある事件に遭遇した時、彼らがどう乗り越えるかを一緒に必死で考える。歴史が今まさに目の前で動いているところを、まるで目撃しているかのように書こうとしたのである。

最初の歴史小説『火城』は司馬の数々の名作、特に幕末物を意識して書かれた。それでは司馬を乗り越えられない。克彦は主人公たちに伴走しつつ、歴史を文字でライブ中継してみせた。それによって、ようやく司馬の呪縛を抜け出したのである。

〈ようも、間に合うた〉

清衡は胸に繰り返した。

衣川の関を現世浄土に置き換えようと決意したのは、今より二十年以上も前のことであった。あの関こそすべての分かれ目だった。蝦夷《えみし》と朝廷、奥六郡と国府、安倍と源氏、それぞれが衣川の関を挟んで対峙《たいじ》していたのである。言わば結界にも等しい。（中略）

貞任《さだとう》は関を己れの盾《たて》とし、清衡の父の経清《つねきよ》は二つに割れた心の片方を捨てて関を越えた。源義家は幾度希望と失望を抱きつつ関の道を辿ったことであろう。無数の人々の慚愧《ざんき》の思いだけでなく、現実に無数の兵士の血が、あの関に染み込んでいる。

それは陸奥《みちのく》に聳《そび》える巨大な墓標とも言えた。

その一山を浄土に見立て、大伽藍や堂塔で満たせば、怨念はたちまち浄化され、平泉を守る守護者と変わる。そう信じてのことではあったが、一山すべてとなると、果たして己れ一代で叶うものか自信はなかった。

しかし、それが見事に果たされたのだ。（小説『炎立つ　光彩楽土』）

完成した全五巻の『炎立つ』は、東北人の魂を揺さぶる壮大な叙事詩となった。克彦は埋もれていた蝦夷の歴史を鮮やかに甦らせ、彼らの気高い生き方を読者に示した。『炎立つ』を書き終えて、克彦はライフワークとなるテーマを見つけた。即ち〝勝者によって抹殺された蝦夷の歴史を掘り起こし、東北の誇りを取り戻すこと〟である。

ドラマの放映開始は、平成五（一九九三）年七月四日。最高視聴率二一・六パーセント、平均視聴率一七・七パーセントであった。

ベンツを買う

夫婦揃って免許はないが、高級車のベンツを購入した。大河ドラマ原作者として、講演依頼が殺到していた時期である。講演会場では大抵、主催者が車まで出迎えにくる。どんな高級車で現れるのか待ち構えていると、誰も注目していない国産の大衆車から下りてくる。秘書の自家用車である。それを見て主催者は妙にガッカリした顔をする。克彦のプライドは、そのたびに傷ついた。ならば高級車を買うまでだ。克彦に車の知識はゼロ。高級車と言えば外車、外車と言えばベンツしか知らない。だからベンツを買ったのだ。

いきなりショールームを訪れ、ほんの数分見て回ると、「これに決めた。現金で支払うので持って帰りたい」と言ってディーラーを驚かせる。克彦は商品が届くまで待つのが嫌いで、通販なども利用しない。だが、車を購入するには、それ相応の手続きがある。八百屋で大根を買うのとは違うのだ。ちなみに仲間内では、その車を（大河ドラマにちなんで）「炎（ほむら）カー」と呼んでいる。

四十代半ば　「写楽殺人事件」ロケ現場で出演者（国広富之、早見優）と

ところで、免許を取得しなかったのには理由がある。大学を卒業して間もない頃、両親と克彦、それに新婚の妻とでドライブに出掛けた。運転は父である。田舎道でスリップして、小さな橋から落ちた。フロントを下に向け、車は逆立ち状態となる。誰にも怪我はなかったが、狭い車中で身動きが取れず、四人はスシ詰め状態。救助が来るまでの間、母は「あんたのせいで、あんたのせいで」と叫びながら、父の頭を叩き続けた。父は多忙を言い訳に、家庭を顧みてこなかった。母の長年の恨みが、いきなりその場で噴出したのである。

これがトラウマとなった。運動神経は人並以下との自覚がある。小学校では一人だけ逆上がりが出来なかった。教習所の教官の指導にも耐えられる気がしない。それやこれやで免許を取りそびれてしまった。

作家の一日

平成四（一九九二）年は克彦の当たり年となる。『星封陣』『総門谷R　鵺篇』『江戸のニューメディア』『謎の絵師　写楽の世界』『火城』『舫鬼九郎』『新・竜の柩　上』『新・竜の柩　下』『私の骨』『見た！　世紀末』『炎立つ　北の埋み火』『またふたたびの玉子魔人』『眠らない少女』。一年間に何と十三冊も新刊を出したのだ。正に「月刊タカハシ」である。

デビュー当時、担当編集者に「長編を十冊出さないうちはプロとして認めません」と釘を刺されていた。それが、あと少しで全著作が五十冊になるところまできた。感無量である。だが、それにしても忙しい。いや、忙しすぎる。以下は執筆に追われる克彦の平均的な一日である。

午前十一時三十分〜正午

起床。生まれつき水で顔を濡らすのが嫌いなので、洗顔は夜の入浴時だけ。歯は磨くけれども、外出予定がなければ髭も剃らない（不器用なので剃刀ではなく電気シェーバー）。起きても着替えはせず、家では一日中パジャマで通す。

頭をシャッキリさせるため、ダイニングでテレビを見ながらコーヒーと煙草。番組では相撲とマラソンは欠かさず見る。相撲は昔からの趣味だが、マラソンは長時間、懸命に汗を流す姿に惹かれるとか。毎日少しずつ書き進めていく長編小説もマラソンに似ている。ランナーの苦行を見ることで、自分自身のつらさを一時忘れられるのがいいらしい。

コーヒーの味にこだわりはなく、インスタントでブラックを一日十杯前後。煙草は減らすようにつとめているが、それでも一日二箱は喫う。銘柄は主にマイルドセブン。仕事中は刺激を求めて缶ピースに代えたりもする。ライターはジッポー。趣味で集めており、三百個以上のコレクションがある。

正午〜

朝食兼昼食。健康を考えた献立を妻が作ってくれるのだが、野菜嫌いでサラダなどには手をつけない。

午後一時〜

食事を終え、新聞を読んだり大量の郵便物（雑誌、献本、古書目録、仕事の依頼状など）を仕分けしていると秘書が現れる（毎日ではなく週に三回ほど）。打ち合わせが済めば執筆にかかる。締切が差し迫っていなければ、着替えをして秘書の車で街まで気晴らしに出る。服装はゆったりとしたセーターが定番で、派手な模様入りを好む。気晴らしのコースは大体決まっており、①材木町の「村定楽器店」で

自慢のお化け映画ポスター・コレクション

映画ソフトを買う。②中野の「スパーク」でジッポーを漁る。③大通り界隈の書店を回る、といったところ。このコースに、④喫茶店に寄る、⑤酒をまとめ買いする、が時に加わる。テレビや雑誌の取材も、この時間帯に設定することが多い。


午後四時〜

帰宅すると執筆にかかる。四百字詰で三十五枚程度の短編なら無理すれば一晩で書ける。一カ月の実働を二十日として月三百枚ほどのペース。


午後六時半〜

テレビを見ながら夕食となる。晩酌は欠かさない。以前は日本酒党だったが、今は焼酎オンリー。気分を変えてウィスキーの水割りにすることもある。

編集者が東京から訪ねてきた場合は、この時間から夜の街へ。男ばかりの席になりそうな時は、女性の知り合いを誘って賑やかな宴会とする。少人数なら寿司屋、大勢なら洋風居酒屋。好物はカツ丼、トンカツ、カツカレー、スパゲッティ、ピザ、だし巻き卵など。子供っぽい好みの上、カロリーも高そうだ。家ではなかなか食べさせてもらえないので、ここぞとばかりに注文する。

二次会でスナックやクラブへ行くことはなく、大抵は大通りの「ハーモニー」へ直行する。マスターが集めている六〇年代ポップスのレコードが山と積まれ、好きな曲をリクエスト出来るからだ。

深夜零時～

外出していても、この時間には家へ帰る。遊びに出ない時は、夕食を済ませてから仮眠をとる。深夜零時には起きて執筆。つまり午後と夜中の二度、仕事をするのである。小説の連載を常に五誌から七誌抱える身だ。ミステリーであったり、時代小説であったり、ホラーであったりと、それぞれジャンルが違うので、頭を切り替えるため、一日を二回に分け仕事をしている。

朝七時には執筆をやめて、酒を飲みながら大型テレビで映画鑑賞。ベッドに入るのは、その後だ（そしてまた午前十一時半頃に起きる）。

こんな生活を一年三百六十五日繰り返している。盛岡を離れるのは講演会、番組出演、文学賞の選考会くらいで、それも月に一回程度。売れっ子だからといって、大して面白い暮らしではない。

風の陣

前九年の役と後三年の役を経て、奥州藤原氏の滅亡で幕を閉じる大長編『炎立つ』を書きながら、新たなる物語の構想が浮かんできた。『炎立つ』だけでは、まだ足りない。『炎立つ』の遥か前より蝦夷の苦闘は続いてきた。そこを描かずして本当の蝦夷の心は語れない。まつろわぬ民として蔑まれ、表舞台から遠ざけられてきた蝦夷の歴史を、この手で甦らせる。それこそが東北で生まれ育ち、現在も暮らす自分に課せられた使命ではないのか。

『炎立つ』を完結編として、蝦夷の物語の三部作を書こうと決めた。第一部の主人公は初めて朝廷に組織的な抵抗を試みた蝦夷の伊治公鮮麻呂、第二部の主人公は坂上田村麻呂と戦った蝦夷最大の英雄・阿弖流為（後に『火怨』として出版）、そして第三部の『炎立つ』へと続く。

『風の陣』は『炎立つ』が完結した平成六（一九九四）年に、早くも雑誌連載を開始する。当初の構想では、古代日本を震撼させた阿弖流為の蜂起への道筋をつけた鮮麻呂が主役だった。ところが鮮麻呂を、なかなか活躍させられない。内裏に入り込み蝦夷を守ろうとする丸子嶋足が余りにも魅力ある男だったためだ。

鮮麻呂が真の主役となるのは最終巻の裂心篇。鮮麻呂は嶋足の志を受け継ぎ、蝦夷のため我が身を捧げる。

「狼《おおかみ》は子供でも荒々しい心を持ち、恩義を顧《かえり》みない。そのように蝦夷も、あえて山川《さんせん》の険《けわ》しいことをたのみ、しばしば辺境を侵犯《しんぱん》している。兵は人を損《そこ》なう凶器ではあるが、それを用いることもやむをえない。よろしく三千の兵を発して、卑《いや》しい蝦夷の残党をかり取り、もって敗残兵を滅ぼしてしまうように。（中略）この通りじゃ！　お許しを得たぞ」

広純の言葉に政庁と広場は歓喜に包まれた。

一人、鮮麻呂だけは青ざめていた。

ぶるぶると体が震《ふる》える。

〈狼だと！　卑しい蝦夷だと！〉

信じられない言葉であった。

〈朝廷に永年恭順《きょうじゅん》してきた蝦夷を……刈り取って滅ぼせと言うのか！〉

それが他でもない天皇の言葉なのである。

〈おれは何のために堪《こら》えてきた！〉

情けなかった。悔しかった。腹が立った。泣きたくなった。勅書をこの場で引き千切ってやりたくなった。大声で喚きたかった。

〈蝦夷は卑しい狼か！〉

結局はそういう目でしか蝦夷を見ていなかったのか。薄汚い獣《けもの》の仲間としか。

（小説『風の陣　裂心篇』）


『風の陣』は立志篇、大望篇、天命篇、風雲篇、裂心篇の五巻から成る超大作となった。『火怨』の前半で阿弖流為は鮮麻呂の呼び掛けに応じ、朝廷の軍に戦いを挑む。その瞬間、『風の陣』と『火怨』は、物語の上で合体を果たすのである。

三匹目の猫

平成六（一九九四）年十一月の中旬。寒風吹きすさぶ日だった。野良猫のシャーッが、痩せたチビ猫を連れて庭に現れた。克彦を見つめるシャーッの目は、「このチビを預かってくれ」と訴えているようだった。

シャーッはホクサイの天敵で、遭遇すれば必ず喧嘩となった。やんちゃ娘のフミは、オスのシャーッが満更でもないらしく秋波を送る。それもホクサイをいきり立たせる理由だった。ホクサイが威嚇すると、シャーッは文字通りシャーッシャーッとゴジラのような唸り声で対抗した。それでシャーッと名付けていたのである。

チビ猫を残してシャーッは立ち去った。どうすべきか妻に相談するが答は出ない。シャーッの子分をホクサイが受け入れるとは思えなかったからだ。

明日まで様子を見ようということになった。私は仮眠を取った。真夜中に起きて仕事をするのが習慣となっている。二時に起きて一階に降りたら、玄関マットの上にチビ猫が安心した顔で寝ていた。家内が結局迎え入れたのである。嬉しくてチビ猫のそばに立った。（中略）人間の目玉で言えば白目のところの色が柔らかな卵の黄身の色に似ている。「おまえ、名前はタマゴだな」、そう言って頭を撫《な》でたらごろごろと喉《のど》を鳴らしてすり寄ってきた。

（エッセイ「タマゴが来た夜」）

生ゴミの臭いが染み込んでいたので、シャワーで丹念に洗ってやった。体を拭くと子猫特有の甘い匂いが立ちのぼる。見違えるほど愛らしくなったタマゴをホクサイと対面させてみた。ホクサイはクンクン匂いを嗅ぐと、気に入った証拠にタマゴの頭を優しく舐めた。かくてタマゴは新しい家族となる。何故かシャーッは、それきり克彦の家に現れなかった。

三匹目の猫タマゴ

もしかするとシャーッは、そういう条件でホクサイにタマゴのことを託したのかもしれない。自分が姿を消す代わりにこのチビのことをよろしく頼む、と。

でなければホクサイの鷹揚《おうよう》な受け入れも理解できない。猫たちには猫たちの社会があると気づかされた出来事だった。

（エッセイ「タマゴが来た夜」）

日本唯一の文士劇

平成七（一九九五）年十一月二十六日、三十年以上途絶えていた盛岡文士劇の復活公演が行われた。

盛岡文士劇は地元の文人や名士が勢揃いする名物行事であったが、昭和三十七（一九六二）年に一旦幕を下ろしている。以来「楽しかった」「また見たい」と、関係者やファンの間で何かにつけ話題に上がっていた。平成二（一九九〇）年には、文士劇の会場だった芝居小屋の跡地に新しく盛岡劇場が完成。復活の気運に拍車がかかった。

文士劇に文士の座長は欠かせない。就任を求められ、克彦は一も二もなく承知した。かつては劇作家を目指したほどの芝居好き。子供の頃、祖母に連れられ旧盛岡文士劇を観た思い出もある。さらには東京の文藝春秋主催の文士劇に強く憧れてもいた。

（文藝春秋の）文士劇を懐かしく記憶にとどめている読者も多いに違いない。著名な作家を中心に芸術家や本物の歌舞伎役者まで加わり、抱腹絶倒の舞台を披露し、年に一度のお楽しみとして紅白歌合戦と並ぶ人気を得ていた。

ことに作家はまさに当代の第一人者のオンパレードで、物書き志望の私などには目の眩むような豪華な舞台と映った。三島由紀夫が堂々と殺陣を披露する。五木寛之が真面目に頑張っている。野坂昭如が出鱈目《でたらめ》なセリフを連発する。なんと華やかであったことか。演劇青年でもあった私には夢の芝居と感じられた。この舞台に立ちたい、と心底思った。（中略）その夢が私の物書きになりたいという思いを支える一番の原動力となっていたのは確かだ。いつかはきっと五木さんや野坂さんとおなじ舞台の上で笑い合う。それをゴールと定めて踏ん張った。なのに……私がようやく物書きの仲間入りを果たせたとき、文士劇はなくなっていた。

（エッセイ「盛岡文士劇」）

平成七年当時、文士劇という言葉は死語と化していた。今さら時代錯誤ではないか、との声もあった。チケットが売れるかどうか不安で、出演者たちも一人数十枚単位で販売協力することになった。自腹を切るしかないかと覚悟していたら、市内プレイガイドに預けたチケットは、あっという間に完売。出演者の家には知り合いから「チケットないですか」と電話がジャンジャンかかってきた。

そして迎えた公演当日。盛岡劇場は当日券ナシの満員御

第一回文士劇で弁天小僧を演じる　左は星吉昭、右は三好京三

礼。第一部は地元局アナウンサー中心の盛岡弁による現代劇「結婚の申込」、第二部は盛岡市長をはじめとする公演実行委員会のお歴々が裃つけての口上、第三部は地元作家中心の時代劇「白浪五人男」。出演文士は克彦のほか三好京三（作家）、斎藤純（作家）、高橋爾郎（歌人）、小原啄葉（俳人）、山本玲子（啄木研究家）である。

三好だけは文春文士劇に一度出たことがあった。文春文士劇では、わざと台詞を覚えない作家が少なからずいた。三好もそれを真似、ぶっつけ本番で臨む。舞台袖のプロンプターを当てにしていたが、耳が遠いため肝心のその声が届かない。何とか台詞の続きを聞こうと、共演者そっちのけで袖へにじり寄っていく。プロンプターは必死に伝えようとして声が大きくなり客席にも筒抜け。

一方、克彦は台詞をバッチリ覚え自信満々。ところが花道で見得を切った瞬間、下駄を客席へ飛ばす大失態をやらかす。「現代劇は（うまい）芝居で笑わせ、時代劇は（ひどい）失敗で笑われ」と嘆いたが、観客は文士の迷演珍演に大喜びした。

最初の予定では、文字通り一回限りの復活公演だった。それを忘れていた克彦は、カーテンコールで「また来年お会いしましょう」と言ってしまう。瓢簞から駒。結局、大好評につき翌年も引き続き開催されることが決定した。

本家の文春文士劇は、昭和五十三（一九七八）年に終了している。盛岡文士劇は、毎年継続して行う文士劇としては日本で唯一のものとなった。

作家の集う映画祭

盛岡の中心部には、市内の全映画館が軒を連ねる通称「映画館通り」がある。平成九（一九九七）年六月十二日から四日間、この通りをメイン会場に、ミステリーをテーマとする日本初の映画祭、「第一回みちのく国際ミステリー映画祭」が開催された。映画祭の顧問は、盛岡に住むミステリー作家（中津文彦、高橋克彦、斎藤純）である。

当時、映画祭は町おこしに格好なイベントと考えられ、ちょっとしたブームだった。人気のある映画祭はテーマを絞り込んで成功している。では、盛岡は何をテーマとすべきなのか？

盛岡には現役のミステリー作家が何人も暮らしている。映画と盛岡を繋ぐキーワードとして、ミステリーはどうだろうか。ミステリー小説を原作とした映画には名作が多い。邦画なら「天国と地獄」「飢餓海峡」「砂の器」「犬神家の一族」、洋画なら「レベッカ」「マルタの鷹」「太陽がいっぱい」「ジャッカルの日」等々。映画と文学は想像以上に親和性が高い。ならば啄木や賢治に培われた盛岡の文学的伝統を生かし、作家の集う映画祭というのも面白いのではないか。

ミステリー映画祭の夜　左から中津文彦、東野圭吾、克彦、北方謙三

克彦たち顧問の働きかけで、日本推理作家協会が協力を約束。阿刀田高、井沢元彦、逢坂剛、宮部みゆき、北方謙三、瀬名秀明と作家ゲストが確定する。これが呼び水となり、岡本喜八や鈴木清順など映画人が続々参加を表明した。海外ゲストもジョゼ・ジョヴァンニ、マリア・シュナイダー、アン・ソンギと大物が揃う。来盛した作家たちは連日、映画談義を繰り広げ、全国から押し寄せたファンを喜ばせた。

第一回目に参加したある女性は、作家と映画人が交流する独特の雰囲気を気に入り、いずれは自分がプロデュースした作品を、ここで上映しようと心に誓う。そして克彦の記憶シリーズを原作に、オール盛岡ロケの映画「オボエテイル」（出演／香川照之、柄本時生、他）を完成させ、第九回映画祭でのプレミア上映を果たす。

「沖縄怪談 逆さ吊り幽霊／支那怪談 死棺破り」「地獄」「怪談お岩の亡霊」「東海道四谷怪談」「メル・ブルックスのプロデューサーズ」「ロッキー・ホラー・ショー」「からっ風野郎」「恐怖奇形人間」。克彦は毎回、好みのマニアックな作品を上映させるほか、弘田三枝子を招いての映画音楽コンサートや怪奇映画のポスター展を企画するなど大いに映画祭を満喫した。

ミステリー映画祭は、盛岡文士劇と並び盛岡文化を支える両輪として知名度を高めていったが、平成十八（二〇〇六）年の第十回をもって終了する。経済不況の影響で、国際映画祭の体面を維持するだけの予算を集められなくなったのが理由の一つだ。数多の作家が集い、文学サロン的な空気も漂う、極めてユニークな映画祭だっただけに残念でならない。

尚、第一回から第十回の間に参加したゲスト作家は次の通りである。阿刀田高、伊坂幸太郎、井沢元彦、石田衣良、岩井志麻子、内館牧子、内田康夫、逢坂剛、大沢在昌、香納諒一、菊地秀行、貴志祐介、北方謙三、京極夏彦、桐野夏生、熊谷達也、篠田節子、島本理生、ジョゼ・ジョヴァンニ、新野剛志、真保裕一、瀬名秀明、西木正明、馳星周、林望、林真理子、原田宗典、東野圭吾、藤原伊織、宮部みゆき、諸田玲子、山崎洋子（アイウエオ順）。

だましゑシリーズ

脂の乗り切った五十代の克彦が、書いていて最も楽しいと思えるのは、江戸を舞台とした娯楽時代小説の短編だった。それであれば肩の力を抜き、達意の境地で筆の滑り具合を楽しんでいられる。江戸っ子たちの屈託のなさが、作者の心まで解き放ってくれるのだ。

平成十一（一九九九）年に出版された『だましゑ歌麿』は、恋女房を無惨に殺された人気浮世絵師・喜多川歌麿の復讐譚。克彦の時代小説の長編中、屈指の力作である。歌麿のほか、南町奉行所同心の仙波一之進、その父で隠居の左門、柳橋の売れっ子芸者おこう、無名の浮世絵師・春朗（後の葛飾北斎）など、『だましゑ歌麿』の登場人物を気に入った克彦は、もう少し気楽な短編のシリーズで、彼らを活躍させてみたくなった。

ただの続編では芸がない。思い付いたのが、舫鬼九郎シリーズの連作短編『鬼九郎五結鬼灯』で使った手。つまり連作の各話に、シリーズの主要人物五人を、それぞれ主役として配するという趣向である。

このやり方を今度は、もっと大々的に用いた。それぞれを一話限りの主役ではなく、連作短編の主役として起用し、その人数分だけ短編集を出そうというのだ。

先ずは歌麿の粋な計らいで一之進と結ばれたおこうを主役に据えた。それが連作短編『おこう紅絵暦』である。今は筆頭与力に出世した一之進の奥方として、おこうは広い屋敷を切り盛りしている。人の不孝を見過ごしに出来ない彼女のもとには、いつも厄介な相談が持ち込まれる。

「少し休んで茶飲み話などしていかんか」

左門は来客の応対を済ませて部屋に顔を見せたおこうを誘った。左門の前にはひさしぶりに訪れた春朗が画帖を展げている。わずかの間に庭の花を描いたらしい。おこうは覗きこんで感心した。本物より美しい。

「今夜は春朗が泊まる。夕餉の支度も頼む」

左門はおこうに軽く頭を下げた。（中略）春朗は左門のお気に入りだ。賑やかな夕餉となろう。

「一之進の帰りは遅くなるのか？」

「特になにもおっしゃらずにお出掛けでした」

だが奉行所の吟味方筆頭与力という役職ではなにが起きるか分からない。

（中略）

「近頃はぶすっとして冗談も言わぬ。よほど無理をしていると見える。（中略）本当はおこうの方こそ大変だ。日に二十人がとこ訪れる客の接待をせねばならぬ。役所で偉そうにしていれば済む倅とは大違い」

「そんな……お客さまには慣れております」

　おこうは身を縮めた。嫌な座敷にも笑顔で出なければならなかった柳橋時代のことを思えばなんでもない。

（小説「猫清」）


　次なる連作短編『春朗合わせ鏡』では、春朗こと北斎が主役となる。こちらは浮世絵ミステリーの最高傑作『北斎殺人事件』の読者にこそ読んで欲しい。現代が舞台の『北斎殺人事件』で提示された北斎隠密説が、江戸が舞台の『春朗合わせ鏡』の中では春朗の出自としてリアルに描写されており、彼が実際に隠密だったであろうことが、ごく自然に納得できるからだ。

　『春朗合わせ鏡』の嬉しい驚きは、江戸版X－ファイルとも言うべき『京伝怪異帖』に登場した役者崩れの蘭陽が顔を出すこと。いつもド派手な着物をまとい、芝居で鍛えた敏捷さを武器に、侍にも平気で喧嘩を売る男だ。女のように美しい容貌で、ズケズケと人を食った物言いをする蘭陽の隠れファンは多い。

　その後も『蘭陽きらら舞』『源内なかま講』『かげゑ歌麿』と、タイトル通りに主役を替えつつ、だましゑシリーズは続く。

「だましゑ歌麿」のセットで水谷豊と

克彦が生み出すキャラクターは多士済々。それが江戸で互いに知り合いとなり、やがて行動を共にし、さらに小説世界を広げていく。克彦の小説を読み続けている者だけが知る醍醐味だろう。だましゑシリーズは、水谷豊の主演により、四作がドラマ化された。歌麿に扮した水谷は、実に十七年ぶりの時代劇出演である。その演技も好評で、時代劇の少ない水谷にとって、同ジャンルの代表作となった。

大衆文学の最高賞

いつかは書かねばならぬ小説であった。だが、軽々しく取り組める題材ではない。

その題材とは、東北が生んだ最大にして最高の英雄、阿弖流為の物語。蝦夷《えみし》、即ち古代東北の民を守るべく、坂上田村麻呂率いる朝廷軍と戦い抜いた男である。

『炎立つ』を書くため、地元の伝説や伝承を調べるうち、東北には教科書で学んだ知識とは別の歴史が隠されていると分かってきた。最も興味をそそられたのが阿弖流為だった。朝廷は阿弖流為との戦いに古代史上最大級の兵を動員した。それほどの男が、朝廷側の歴史書『続日本紀』では、ほんの数行触れられているだけ。朝廷は自分らに都合の悪い事実を、意図的に抹消したのではないか。東北で生まれ育った高橋にとって、どうしても書いてみたい男だった。

突然、機会は訪れた。仙台に本社を持つ河北新報社から、新聞小説の連載依頼があったのだ。創刊百周年を記念する作品として阿弖流為を取り上げて欲しい、というのである。不思議な縁を感じた。

初めて書いた新聞小説の『総門谷』も「河北新報」であった。その続編に阿弖流為をチラリと登場させたこともある。

克彦を指名したのは、河北新報社会長の一力一夫だった。一力は阿弖流為を尊敬してやまない。鹿島神宮が所蔵する悪路王（＝阿弖流為）の首像のレプリカを拵えさせ、本社に飾っているほどなのだ。河北新報社の社是は「東北振興」と「不羈独立」。白河以北一山百文と東北を蔑む中央への反骨精神が、そこには込められている。阿弖流為の物語こそ、百周年に相応しい。それを書けるのは、『炎立つ』で蝦夷の誇り高い生き方を描いた克彦をおいて他にない、そう一力は考えたのである。

むしろ「河北新報」のような東北ブロックの地方紙なら、読者は阿弖流為に強いシンパシーを持ってくれるだろう。願ってもない舞台を与えられたと思った。作家としての蓄積を全て注ぎ込み、克彦は執筆に打ち込んだ。平成九（一九九七）年一月に連載を開始した『火怨』は完結後、上下二巻の大作として出版されベストセラーとなる。


「俺の言葉が聞こえるか！」

阿弖流為は最後の力を振り絞って、恐らくは処刑を見届けているだろう民らに叫んだ。

「俺たちは何も望んでおらぬ。ただそなたらとおなじ心を持つ人間だと示したかっただけだ。蝦夷は獣にあらず。鬼でもない。子や親を愛し、花や風に喜ぶ……」

いくらも言いたいことはあった。だが、それ以上声が出てこない。阿弖流為ははじめて悔し涙を流した。蝦夷がなんであるのかきちんと伝えたい。

「蝦夷に生まれて……俺は幸せだった。蝦夷なればこそ俺は満足して果てられる」

阿弖流為の首に大きな鋸が当てられた。
「阿弖流為、あの世でも兄弟ぞ」
その母礼の叫びが阿弖流為のこの世で耳にした最後の言葉となった。阿弖流為も頷いた。鋸が首を切り裂く痛みさえなくなっていた。

（小説『火怨』）

平成十二（二〇〇〇）年三月、『火怨』は第三十四回吉川英治文学賞を受賞した。国民作家・吉川英治の偉業を称えて設けられた吉川英治賞は、文学賞、文化賞、文学新人賞の三部門からなる。中でも吉川英治文学賞は、大衆文学に与えられる賞としては日本で一番とされる。東北人にだけ分かってもらえれば良い、と腹をくって始めた仕事が、最高の名誉を得たのだ。

吉川英治文学賞の贈呈式

克彦は時々、何か別の大きな力により書かされているのではないか、と感じることがあるという。『火怨』もまた蝦夷の魂に導かれて生まれた小説なのかも知れない。

『火怨』はミュージカル劇団わらび座の創立五十周年記念作品の原作にもなった。全国各地で実に四百四十二回もの公演を行い、ベストセラー原作が起こした阿弖流為ブームの一翼を担ったのである。

原作に感動したスタッフとキャストは、燃えに燃えてくれた。この舞台には本当の蝦夷がいる。そう思った克彦は、自費を投じて完全収録することにした。公演のない日に役者たちを集め、本番そのままに演じてもらったのだ。ステージの正面に長いレールを敷き、カメラを縦横無尽に動かした。無観客だから出来た荒技である。

通常の舞台中継では得られない迫力ある映像を撮れた。自宅の居間には、自慢の七〇インチのモニターがある。これでいつでも阿弖流為に会える、と克彦は満足した。

平成二五（二〇一三）年には、NHKが大型歴史ドラマとして『火怨』を映像化した。阿弖流為役は大沢たかお。冒頭に東日本大震災後の岩手が映し出される。震災を乗り越えるための東北人の心の拠り所として、阿弖流為を取り上げてくれたのだ。

わらび座に続いて、宝塚歌劇団が『火怨』を舞台化した。星組公演「阿弖流為　ATERUI」である。平成二九（二〇一七）年七月十五日から八月六日まで上演され、最終日に克彦も観劇した。

かつて阿弖流為は朝廷に仇なす大逆賊とされてきた。それが京都に近い兵庫の歌劇団で演じられる日が来ようとは。「今こそ阿弖流為の復権は成されたぞ」。そう叫びたい気分だった。

カーテンコールでサプライズがあった。星組全員がハッピーバースデートゥーユーと歌い始めたのだ。泣きそうになった。その日は克彦の誕生日だったのである。

わらび座の役者たちと

四谷怪談を上演

吉川英治文学賞に余禄がついてきた。受賞を記念して、鶴屋南北の『東海道四谷怪談』を翻案した小説が、岩手放送と地元演劇人の協力で舞台化されることになったのである。
克彦版『四谷怪談』は、日本の古典を現代的に分かりやすく書き改めた「少年少女古典文学館」シリーズの一冊。同シリーズには瀬戸内寂聴、田辺聖子、井上ひさし、平岩弓枝など錚々たる作家が名を連ねている。

リライトを頼まれ張り切った。少年時代に『四谷怪談』と出会わなければ、作家になりたいとは思わなかった。この作品には怪談の怖さと面白さが全て詰まっている。それを今の少年少女にも伝えたい。元は歌舞伎の台本である。江戸言葉に苦労しながらも、南北に叱られないと自負できる小説に仕立て直した。

岩は髪をすきあげはじめた《とかしはじめた》。汗《あせ》と血膿《ちうみ》のため髪がべとついている。くしがなかなか通らない。岩は力をこめた。ぶつぶつぶつといやな音がしてくしが動《うご》いた。岩《いわ》ははずしたくしに目をやった。くしにはおびただしい髪《かみ》の毛《け》がからみついていた。くしの歯《は》が見えないほどである。毛を取《と》って岩はまた髪にくしを当てた。髪がくしにひっかかる。こんどはさしたる力もいらずにくしが後ろへ進《すす》んだ。たらたらと血《ち》が頭からしたたった。（中略）岩は髪からくしをむしり取るとくるったようにすきはじめた。ばさばさと髪がひざに落ちる。腫《は》れが毛根《もうこん》を浮かせているのだが岩は気づ

かなかった。

「どうしよう……どうしよう。」

鏡《かがみ》を見つめながら岩はくしをつかいつづけた。（中略）地肌《じはだ》がむきだしとなった。すくのをやめればいいのだが指《ゆび》はさらに動いた。どこまでも髪は抜けつづける。（中略）

岩は血の涙《なみだ》をあふれさせた。

「ただですませてなるものか……いまをもしれぬこの命《いのち》……女のあかしのこの黒髪まで……。」

（小説『四谷怪談』）


舞台化される前、克彦版『四谷怪談』はラジオドラマになっている。岩手放送は克彦の原作でラジオドラマを制作していた。オンエアは毎月第二と第四土曜日の午後九時から三十分。出演者は同局のアナウンサーと地元劇団の実力俳優。「ＩＢＣミステリー劇場」と題したこの番組は、平成九年十月から平成十三年九月まで九十九回続いた。怪談を百話語ると、本当にお化けが現れる。だから、その一回前で終わらせたのだ。

一話完結が原則だったが、『四谷怪談』だけは前編・中編・後編の三回に分けて放送した。克彦は毎回、録音に立ち会い、ディレクターを差し置いて、熱心に演技指導をした。かなり満足のいく出来となり、同じ顔ぶれで舞台にかけられたら最高だね、と関係者の間で盛り上がった。その直後、受賞の知らせが届き、話が動き出した。

公演会場は盛岡市内で一番大きなホールを借りた。歌舞伎の「四谷怪談」は、「隠亡掘」の戸板返しや「蛇山庵室」の提灯抜けなど、凝った仕掛けが見せ場になっている。それらを全部盛り込んだ上、ラストシーンでは歌舞伎にもないお岩さんの宙づりまで行った。克彦も原作者の特権を行使し、生臭坊主の役でちゃっかり出演する。

県内では知られたアナウンサーが顔を揃えたとはいえ、素人芝居には違いない。どれほど客は集まるのかと心配もあったが、結果は三回公演で二千人が観てくれた。盛岡における地元演劇の最高の動員数として、今も記録は破られていない。

ところで歌舞伎の世界では、『四谷怪談』の上演に際して四谷のお岩稲荷を参拝するのが習わしである。関係者が東京へ行き御札を貰ってきたのだが、それでも怪異は現れた。

舞台袖で怪しい影を見たスタッフもいれば、上演中の客席に霞のようなものが漂っていたと話すキャストもいた。客席からも目撃されている。舞台装置として、お化けの浮世絵を背景に使っていた。そのお化けの目が瞬きをした、というのである。

極め付けは愛猫ホクサイの顔の右半分が皮膚炎で爛れてしまったこと。それを見た知人は「まるで、お岩さんみたい」と笑う。克彦はゾッと背筋が寒くなった。

高橋克彦版「四谷怪談」のラストシーン

二度目の大河

NHK出版の月刊誌『放送文化』平成十一年三月号から「時宗」の連載は始まった。時宗とは、蒙古襲来に立ち向かった鎌倉幕府の若き執権・北条時宗である。突然の小説連載に、読者は奇異の念を抱いた。『放送文化』は文芸誌ではなく、放送関係の専門誌なのである。

理由は、やがて明らかになった。翌る四月二十八日夜、二十一世紀最初のNHK大河ドラマは「北条時宗」に決定とのニュースが流れた。原作は連載中の「時宗」である。大河ドラマ原作を頼まれるのは二度目。最初の「炎立つ」は、執筆と撮影が同時進行する綱渡りのような仕事だった。その再現を恐れたNHKは、予め雑誌に連載をさせ、撮影前に少しでも枚数を稼いでおこうとしたのである。

原作を引き受けたものの、克彦には迷いがあった。『炎立つ』のクライマックスは、鎌倉幕府を興した源頼朝が奥州藤原氏を滅ぼす場面である。蝦夷（＝東北の民）の敵だった鎌倉幕府の執権について、自分が書いていいものなのか?

北条時宗を描くには、いつもと違う新たな論理を自分の中に組み立てなければならなかった。感情移入するにはいままでと違う論理が必要だった。論理としては元寇《げんこう》が立脚点となりました。

北条時宗を演じた和泉元彌と

（日本は）理不尽に元に攻められる。「蝦夷」もまた理不尽に大和朝廷に攻められた。理不尽な攻撃を受けて立つ人間としては同じじゃないか。この視点を確立するまでなかなか書けませんでした。（高橋談）

その時、思い出したのは父親の一言だった。「そう言うお前の先祖だって源氏だぞ」。これで吹っ切れた。今までは蝦夷と朝廷や鎌倉幕府、つまり地方と中央の対立を描いてきた。『時宗』では、それを日本と外国の対立に置き換えればよいのだ。


「勝ったぞ！　勝った！」

皆は口々に言って抱き合った。上も下もない。広間の床が抜けそうにたわむ。

「執権どののお出ましである！」

その騒ぎを静めるように泰盛の声が広間に轟き渡った。（中略）

皆は拳を高く振り上げて時宗を迎えた。また広間が喜びの笑いで埋め尽くされる。

「戦さは終わった」

時宗の第一声に広間が揺れる。

（中略）

「たとえ嵐がなくとも勝てたはず。それだけの備えと気概が我らにはあった。（中略）このたびの勝利は北条の力ではなく、幕府の力でなく、武者の力でなく、民の力でもなく、その全部の力によるものだ。一つでも欠けていれば国は滅びていただろう。（中略）この戦さを経た我らであれば新しい国を作れよう。戦さは終わったが、我らにとっては新しきはじまり」（小説『時宗　戦星』）

ホクサイの死

平成十三（二〇〇一）年一月、ホクサイが死んだ。

息遣いが苦しそうなので検査したところ、気管の奥に大きな腫瘍が見つかった。緊急手術となり、四時間かけて取り除く。病院にホクサイを預けて一旦、家に戻る。明け方に連絡があり、その死を告げられたのだ。

『時宗』執筆に追い詰められていたときで、業を煮やした担当編集者は盛岡市内にアパートを借りて常駐し、毎日原稿の催促にやって来ていた。しかし、私は一行も書けなくなった。書斎で仕事をしようとしてもホクサイが膝の上にいない喪失感がものすごく強くて吐き気がする。心臓がキリキリと痛み呼吸困難に陥る。完全なペットロス症候群だ。

（エッセイ「私の猫だま」）

一番多くの時間を共に過ごしたのは、二階の書斎である。そこでの思い出が多すぎて居るのがつらくなり、一階に仕事場を移した。撮影スケジュールの決まっているドラマの原作を遅らせることは出来ない。気力を奮い起こして机に向かう。

膝の上にホクサイ、右はタマゴ

その時、タマゴが膝の上にピョンと飛び乗ってきた。

「今日からホクサイ兄さんの代わりを僕が務めます」

もちろんタマゴは黙して語らない。が、動物との結びつきの方が、言葉が通じないだけに純粋に心と心が繋がる。（中略）膝の上に乗ったタマゴはホクサイがそうだったようにカーソルの動きを眺め、キーボードを叩く音を子守唄にしてゴロゴロと喉を鳴らす。（エッセイ「私の猫だま」）

克彦は思わずタマゴを抱きしめた。

天を衝く

二度の大河ドラマが大きな賞を運んで来た。平成十三年度の第五十三回ＮＨＫ放送文化賞である。受賞理由には「（大河ドラマ原作など）高い専門性を持つ創作活動を続ける一方、東北地域からの情報発信に深い関心を持ち、番組の企画や出演などにより放送番組の充実と放送文化の向上に大きく寄与した」とある。男性作家としては、昭和六十年度の司馬遼太郎以来の名誉であった。

同じ年、連載開始から実に五年の歳月を費やした『天を衝く』が完結する。豊臣秀吉に喧嘩を売った北の鬼・九戸政実を描く歴史巨編である。

戦国の世が終息しつつある頃、北東北を支配する南部一族は、秀吉の傘下で生き残りを図る南部信直と、自主独立を掲げて九戸党を率いる政実とに割れていた。結局、天下統一を仕上げるための最後の戦さとして、九戸党は秀吉の派遣軍に滅ぼされる。

辺境にいた政実は秀吉の実力を見誤り、無謀な戦さを仕掛けたと歴史書は伝えてきた。克彦は断固その説を斥ける。戦さに明け暮れた生涯で、政実は一度も負けたことはない。本拠地たる九戸城の攻防でも百戦錬磨の派遣軍をまったく寄せ付けなかった。戦国期の東北最強の武将、それが政実だった。克彦いわく「東北とは無縁の秀吉が自分たちの土地に土足で踏み込んでくるのが政実には許せなかった。奥州武士の意地を見せつけるため死を覚悟して立ち上がったのです」。

「こんな戦さをした者が他におろうか？」

七戸家国は誇らしげに言った。

「五千に十万じゃぞ。その十万が総攻撃を仕掛けて参る。（中略）だれが聞いたとて勝てぬ戦さ。じゃが政実どのの策ならば分からぬ。（中略）今日の戦さは千年も二千年も語り継がれるに相違ない。（中略）儂《わし》のような田舎武者には過ぎた死に場所。我らはたったこれだけの数で秀吉に立ち向かっておる」

広間にざわめきが広がった。七戸家国に言われて今日の戦さの意味が分かったのである。（中略）

〈本当に勝てそうだな〉

政実は頬を紅潮させている皆を見渡して七戸家国同様に胸の高鳴りを覚えた。この瞬間、皆は死を忘れてし

NHK放送文化賞の贈呈式

まっている。（中略）覚悟とも違う。心を無にしている。

「我ら一人の問題ではない」

政実が口にすると広間は静まった。

「また、敵とて秀吉一人ではない。（中略）いつの世にも秀吉と変わらぬ理不尽な者が現われよう。それに対して我らは抗うのだ。未来永劫、我らの戦さが範となる」（小説『天を衝く』）

田村麻呂と戦った阿弖流為（『火怨』）、源氏に滅ぼされた安倍一族と奥州藤原氏（『炎立つ』）。中央権力に抗い続けた蝦夷の系譜に政実も連なっている。

政実の先祖は、源頼朝より陸奥に領地を与えられた南部光行である。だが、東北に生まれ育ち、東北人の誇りを持てた人間も蝦夷だと克彦は考える。蝦夷とは理不尽に抗う心。源氏の血を引いてはいるが、政実もまた蝦夷の自覚を持った男だった。それは同時に克彦自身の自覚でもある。平安の昔から現在に至るまで、東北は常に中央の抑圧にさらされ続けてきた。その理不尽に対する憤りが、執筆の原動力となっていたのである。

『風の陣』『火怨』『炎立つ』、そして『天を衝く』。蝦夷の熱き魂を描いた陸奥四部作が、ここに完結する。

弟子は三人

克彦が取り上げるまで、九戸政実は全国的にはマイナーな存在だった。克彦自身、県北の軽米町に住む作家志望の人物と出会わなければ、天下人に無謀な戦さを仕掛けた田舎武者という認識のままでいただろう。

『天を衝く』の連載を開始する四年前の平成三（一九九一）年十月。その人物が新築したばかりの自宅を訪ねて来た。初めて書いた長編小説を読んで欲しい、と自費出版の本を差し出す。タイトルは『怨霊塔』。政実の怨念が現代に蘇って恐怖を巻き起こすホラータッチのミステリーだ。

面白い。が、プロになるには、まだ荒削りである。何より横溝正史そっくりなのが気になった。むしろ政実その人の生涯に興味を覚えた。歴史小説の主人公として書いたらどうか。そう勧めてみたが、ホラーやサスペンスが書きたいので歴史小説にはまったく興味ないと言う。

（訪ねてきた人物とは）その後、鮮やかなパニックサスペンス『種の終焉《おわり》』（祥伝社）で華々しくデビューを飾った北上秋彦氏のことである。彼との出会いがなければ『天を衝く』を書くことはなかった。（中略）連載する決心を固めたときも北上氏は快く取材の案内役まで引き受けてくれた。自分が書いた素材を、別の分野に仕立て直すとはいえ、違う人間が書く。決して愉快な話ではない。なのに北上氏は自分の郷土の英雄の再評価に繋がるかもしれないと言って、本心から喜んでくれたのだ。（エッセイ『古今無双の男』）

北上秋彦は二番目の弟子となった。北上に続いて弟子入りしたのは岩手放送のアナウンサー菊池幸見である。地元では誰もが知る人気ア

五十代前半　仕事場を篠山紀信が激写

ナで、克彦とは前からの知り合いだった。短編小説を書いた菊池は、ある小さな文学賞を受賞する。審査員の克彦は、ユーモアのセンスが抜群だと認めた。やがて菊池は長編小説に挑戦。原稿を読み終えた克彦は思わず一言。「よくこんな馬鹿なことを考え付くものだ」。勿論、褒め言葉である。例によって担当の編集者を紹介してあげた。その原稿が菊池のデビュー作『泳げ、唐獅子牡丹』である。ちなみに日本でアナウンサーにして作家なのは菊池幸見だけだそうである。

著書百冊

平成十四（二〇〇二）年二月、百冊目の本を刊行した。岩手の作家で百冊以上の著書を持つのは、銭形平次で有名な野村胡堂だけである。正に快挙と言えよう。

ただ黙々と書き続けさえすれば到達する、とたいがいは思っていよう。が、そうではない。プロの書き手は当然のごとく注文を受けて仕事をするわけだから、まず百冊の注文を取り付けなければならない。いや、それよりなにより、百冊を書くまでに飽きてしまう。こちらのほうが遥かに高い壁と言える。一冊平均原稿用紙で五百枚として百冊だと五万枚も書かなければいけない。しかもすべて違う内容でだ。

私の場合、一枚書くのに二十分は要するので、五万枚だと百万分。時間に直せばおよそ一万七千時間。途方もない苦行だ。（中略）この一万七千時間というものをよく考えてもらいたい。アイデアを練ったり、取材や資料を読む時間がいっさい含まれていない。仮に同量をそちらに費やすとするなら、合わせて三万四千時間。日に八時間机にしがみついたとして、休日返上での十二年間にほぼ匹敵する。（中略）十冊やそこらならともかく百冊ともなると、読者に飽きられない努力以上に、自分が書くことに飽きない工夫が不可欠となってくる。（エッセイ「百冊の書き方」）

百冊目は特別な本にしたい。豪華本を得意とする中央公論新社に話を持ち掛け、限定版の自選短編集を出すことになった。定価は一万円、部数は九九九部である。

> 満足のいく本となった。
> 箱、表紙ともにオリジナルの染め付けの布装で天金という豪華さだ。（中略）こんな本が作りたくて物書きの道を目指したのだ、と若いころに抱いた願望を思い出した。四十年ほど前の出版界はよほど景気が良かったのか、限定本や豪華本の広告がしばしば目についた。（中略）今の読者には信じられないことと思うが、ルビーやエメラルドを表紙に嵌《は》め込んだ本だとて存在したのである。出版社も単に高い本を売ろうとしたのではない。それに匹敵する内容であると信じていたからこそ躊躇なく宝石を用いたのだ。（エッセイ「百冊目の本」）

九九九部の全てに、心を込めてサインをした。発売後間もなく『高橋克彦特選短篇集』は完売となった。それだけ克彦

著書百冊を祝う会　左から林隆三、井沢元彦、克彦、吉田光彦、あがた森魚

にはコアな読者がいるのである。

　克彦は大長編タイプの作家だと思われている。けれども、『緋い記憶』で直木賞を受賞したように、短編の名手でもある。この時点で既に百五十近い短編を書いている。「生まれ変わるなら吟遊詩人になりたい」と克彦は言う。少数の良質な読者に囲まれ、彼らの喜ぶ顔を見たさに毎日、違った物語を語り聞かせるのだ。これは短編作家の発想である。

　短編では作者の分身の「私」が主人公になることが多い。短い枚数で物語を展開させるため、「私」の視点を導入した方が余分な説明を省けるからだ。主人公が「私」のせいで個人的な記憶や願望、そして克彦ならではの奇想が、よりストレートに表現されるところが短編の魅力なのである。

　同じ年、地元の岩手日報社が主催する第五十五回岩手日報文化賞の受賞も決まった。地方発信の創作姿勢を貫き、時の権力が抹殺した蝦夷の歴史を甦らせたことを認められての受賞だった。

　克彦、五十五歳。今や作家としての絶頂期を迎えたと世間は思い、自分でもまたそう思ったに違いない。

岩手日報文化賞の贈呈式

両親を看取る

克彦の両親は、鹿角の病院を次男の裕男に任せ、盛岡のマンションに移り住んでいた。夫婦水入らずの、悠々自適の暮らしであった。

ところが腎不全の悪化により、母は寝たきりの状態となる。一つ年上の父に介護は無理だった。入院した母は寂しい寂しいと、そればかりを口にする。医者の見立てでは、もう回復は難しそうだった。裕男と交代で病室を見舞った。若い頃は母の生き方に批判的だった。医者の娘として育ち、何の疑問もなく医者の父に嫁いだ。お手伝いさんがいるのが当たり前の生活を、生まれてからずっとしてきた。自分の手で人生を切り拓いたことのない人だと、克彦はどこか冷たく見ていた。

だが、一日中ベッドに寝かされ、身動きもままならない母の姿に接していると、哀れみと愛しみが入り混じった何とも切ない感情が湧いてきた。次第に母との会話も増えていく。母の気分の良い時は三十分以上も話し込む。平凡だけれども善良な人なのだ、と分かって嬉しかった。平成十四（二〇〇二）年三月九日、退院することなく、この世を去った。穏やかな死に顔に、克彦は救われる思いがした。

数カ月後の七月二十八日、後を追うように父が亡くなる。晩年は認知症気味だった。話しかけても会話はまったく嚙み合わない。

思う存分、脛をかじらせてくれた父である。父の支援がなければ、作家にはなれなかった。デビューしてから、かなり後で知ったことだが、初めての著作『浮世絵鑑賞事典』を出せたのは父の力だった。こっそり出版社に費用を渡して、息子に執筆依頼をするよう頼んだのだ。短大の講師になれたのも、やはり父の口利きだった。

まるで宮澤賢治とその父のようなエピソードではないか。賢治が生前に出した詩集と童話は、どちらも父の援助あればこそだろう。農学校の教師の口も、地元名士の父の顔が物を言っている。ある担当編集者は「偉大なるスネかじり」と克彦を呼んだが、当人にしてみれば自慢できた話ではない。せめて父が死ぬ前に、何かをしてやりたかった。母には最後に少しだけ親孝行できたが、認知症の父には何をしても甲斐がない。

父との思い出で忘れられない一言があった。親の金で安逸を貪っていた浪人時代である。ある日、遊びに出掛けようと、玄関の鏡の前で髪を整えていた。その横を父が通って、すれ違いざま「豚」と呟く。中身がない癖に、見てくればかりを気にする息子が、たまらなく疎ましく思えたのだろう。己を律することの出来ぬ者は、人ではなく豚だと。ショックだった。父の目には、そんな風に映っていたのか。

衝撃は長く尾を引いた。父の一言は心の中から消えなかった。だからこそ人として最低のところには落ちずに済んだとも感じている。

父はどんな思いで自分を育ててくれたのか。そして作家として認められた今の自分をどう思っているのか。元気なうちに、もっと話をしておけば良かったと、ただ悔やむばかりである。

ぼくらの時代展

昭和三十年代の懐かしい盛岡が甦った。場所は、もりおか啄木・賢治青春館。明治時代の煉瓦造りの銀行を活用したレトロな建物だ。二階のホールに足を踏み入れると、いきなり時間が過去へ戻る。駄菓子屋、貸本屋、レコード屋、玩具屋、雑貨屋、映画館、さらには一般家庭の茶の間までが、当時の雰囲気そのままに再現されているのだ。

メンコ、ベーゴマ、紙風船、ビー玉、フラフープ、ヨーヨー、ぬり絵、ブリキ玩具、竹馬、ダッコちゃん、プロマイド、日光写真、銀玉鉄砲……。同世代の知り合いに昔懐かしグッズを集めている人間が何人もいた。それで「ぼくらの時代展」の企画を思いついた。心の故郷を取り戻す一大イベントとしてである。

私の心の故郷は、私がかつて暮らした昭和三十年代の盛岡だ。私は意識的に三十年前の盛岡を舞台に小説を書いている。二度と還ることのできない故郷を、せめて文章に書き残しておきたいという気持ちがそうさせているのである。

（エッセイ「心の故郷」）

スポンサーを探し、方々で企画を話した。誰もが面白いと頷くけれども、金を出そうとは言ってくれない。段々、腹が立ってきた。それなら自前でやるだけだ。

儲ける気はない。入場料は中学生以上三百円、小学生百円と低めに設定した。しかも保護者同伴の場合、小学生は無料。親子

時代展の会場で番組収録　畑中美那子、中津文彦と

で来場してもらい、思い出を伝える機会になればと思ったのだ。

ただの展示だけでは詰まらない。心の故郷には人の温もりが必要だ。コレクションを提供してくれた知人らに頼み、交替で詰めてもらった。駄菓子屋や玩具屋の店番の小父さんという設定である。克彦も暇さえあれば顔を出した。行けば、つい時間を忘れ遊んでしまう。それほど居心地の良い空間だった。

会場では催しを頻繁に行った。オリジナルの紙芝居を作り、地元の劇団員に語らせた。「60年代ポップス選手権」或いは「エレキ歌謡の爆発だい！」と銘打ってレコードコンサートも開いた。昔取った杵柄、克彦はＤＪを喜々としてつとめた。

ＮＨＫ盛岡局の制作で、昭和二十五年から十二年間続いた「伸びゆく若葉」という伝説的なラジオドラマがあった。県内のお年寄りには懐かしい番組だ。そこで同じ出演者を探し出し、実際に使われた台本を朗読してもらったりもした。

一階は喫茶室なので、期間限定のメニューを用意した。飲み物はクリームソーダ、ミルクセーキ、ラムネ、カルピスなど。一番人気は給食セット（コッペパン、脱脂粉乳のミルク、魚肉ソーセージ）だった。

還暦を祝う会　左から三人目は弘田三枝子、右から二人目は井沢元彦、三人目は内館牧子

顧問をつとめる、みちのく国際ミステリー映画祭と時期が重なったので、昭和三十年代の風俗が分かる日本映画をリクエストした。三島由紀夫が主演ばかりか主題歌まで歌う、異色のやくざ映画「からっ風野郎」（60年）である。

思いつく限りのアイデアを盛り込んだ。克彦の情熱は市民に伝わった。入場者が途切れることはなく、二度三度と足を運ぶリピーターも多かった。これほど話題を集めたイベントは盛岡でも珍しい。平成十五（二〇〇三）年九月から約三カ月続けた「ぼくらの時代展」の入場者は、何と四万五千人。「四谷怪談」同様、地元で企画運営したイベントとしては記録的な数字だ。出資金を回収できた上、幾らか黒字になった。克彦は関係者全員を招いて大宴会を開き、儲けを綺麗さっぱり使い切った。

フミの死

ホクサイを見送って七年が過ぎた平成二十（二〇〇八）年。十九歳のフミが、妻の腕に抱かれながら、静かに息を引き取った。人間の年齢に換算すれば、九十歳を超えている。病気で苦しむことなく大往生だったのが、せめてもの慰めだった。

やんちゃ娘のフミは、オスの野良猫を見かけると、わざと悩ましげな声を出して誘った。その美貌に吸い寄せられた近所の野良猫どもが庭を徘徊し、ホクサイを苛立たせたのも度々だった。人間はあまり好

晩年のフミ

きではないようで、来客があるとパニックを起こしてドタバタと家中を走り回った。

思えば、どこか不思議な猫だった。時々何もない空間をじっと見詰めている。つられて克彦も同じ方向に目をやるが、何も不審な点はない。それでもフミは黙って見続けている。どうやらフミには、人間の目には見えない、この世にあらざるものが見えていたようである。

ホクサイが死んだ時、フミとタマゴがいてくれなかったら、立ち直ることは出来なかった。そのフミが死に、タマゴだけが残された。カメラに凝っていた克彦は、タマゴにレンズを向けることが多くなった。


それもこれも、最良最高の状態でタマゴの「生きた証」を残したかったからである。ということは私は、無意識のうちに、いずれはこの世を去るであろうタマゴへの惜別の思いに駆られて夢中になって撮影していたことになる。

(『吾輩は作家の猫である』まえがき)

第五章

大震災が変えた人生

——あの日から

東日本大震災

平成二十三（二〇一一）年三月十一日、午後二時四十六分。宮城県牡鹿半島沖合で、気象庁観測史上最大のマグニチュード九・〇の地震が発生した。それによって生じた津波は東北の沿岸部を襲い、未曽有の災厄をもたらす。

克彦のいる内陸部の盛岡も激震に見舞われた。その瞬間、二階の書庫にある数万冊の本が、雪崩を打って床に落ちた。家が倒壊すると思った。階段の手すりにすがって、何とか一階へ下りる。妻は猫のタマゴを抱き、恐怖に引き攣った顔をしている。激しい揺れは一向に収まらない。このまま妻と猫と一緒に死ぬのだな、と覚悟した。どれほどの時間が経ったのか。やがて揺れは静まった。停電でテレビはつかない。身内と連絡を取ろうにも、電話は混み合っていて、まったく通じない。物置からラジオを探し出し、電池を入れる。絶望に襲われた。海沿いの町や村は、津波で尽く壊滅したらしいのである。

夜となった。ロウソクを灯し妻と二人、無言でラジオに耳を傾ける。付き合いのあるアナウンサーたちが交替で情報を伝えていた。馴染みの声を聞いて幾らか安心が得られた。

奇妙なことに気が付いた。道を挟んだ向かいの家の車の中が、三十分おきくらいに明るくなる。どうやらラジオを聞くため時々エンジンをかけるらしい。家にはラジオが二台あった。一つ差し上げたら、と妻が言う。夜中の二時であった。チャイムを押すと、家の主人が怪訝そうに出てくる。克彦はラジオを差し出した。主人は表情を緩め、礼を口にした。

自宅に戻る途中、夜空を見上げた。街に明かりがないためか、星の数が異様に多い。この寒空の下、沿岸の人たちは、どんな思いで過ごしているのか。それを考えると、地上とは無縁に瞬く星の美しさが憎らしくさえ思えた。

眠られぬまま朝を迎える。秘書がスーパーやコンビニを回って、何とか数日分の食料を調達してくれた。パンやカップラーメンばかりだが、贅沢は言えない。どの店も大行列で、忽ち在庫が底をついたようだ、とのこと。

電気は数日で復旧した。テレビをつけ、初めて津波の映像を目にした。また絶望が襲ってきた。自分の目で見ても、それが現実だとは信じられない。沿岸のあらゆる地域、宮古も、山田も、大槌も、大船渡も、陸前高田も、そして克彦の生まれた釜石も無残なありさまである。

居ても立ってもいられない気分だった。盛岡も被災したとはいえ、それで倒れた家はない。とにかく何かをしなければ。だが、何をすればいい。非力な自分が沿岸の被災地へ行っても、足手まといになるばかりだ。

ならば、せめてお金を送ろうと思った。妻とも相談して一千万円を寄付することにした。お金は岩手放送を通じて、然るべき団体に渡してもらった。岩手放送に預けたのは、ラジオから語りかけてくるアナウンサーの声に救われた思いがあったからだ。

何本も抱えていた雑誌連載は全て休載した。被災者が苦しんでいるのに、震災とは無関係な物語を書く気持ちにはなれない。

覚悟を決めて被災地に行ってみた。どんなにつらくとも、郷土を襲った大災害を、目に焼き付けておかなければならない。それが作家の役割だ。自衛隊の懸命の働きで、主要な道は通れるようになっていた。だが、山と海の間には、夥しい瓦礫のほか何もない。人の営みの全てが、根こそぎ流されていたのだ。打ちのめされた。この過酷な現実を前にして、一体これからどんな物語を書いていけばいいのか。作家になって初めて、小説がいかに無力であるかを感じた。

岩手県在住の作家だけで一冊の本をまとめ、その印税を義捐金にしようと提案したのは、弟子の北上秋彦だった。震災の十二年前、北上の暮らす軽米町は水害で大きな被害を被った。その時、県内外から受けた支援の恩返しを、何らかの形で果たしたいと思ったのだ。

義捐のための出版は、文学史に先例がある。明治二十九（一八九六）年の三陸大津波に際して、『文藝倶楽部』が臨時増刊号「海嘯義捐小説」（※海嘯は津波の別称）を発行。それに森鷗外、幸田露伴、山田美妙、泉鏡花、樋口一葉など、明治を代表する作家が挙って文章を寄せたのである。

北上は先ず克彦に相談した。目的が目的なので一日も早く出版すべきだ、と克彦は答えた。新たに書き下ろしを頼んでいては、いつ出せるか分からない。であれば、既にある自作短編を提供してもらい、本にすれば良い。克彦は早速、同じ市内の中津文彦に協力を頼んだ。

三人の呼びかけに応じ、わずか十日足らずで作品が揃う。誰もが支援のため何かしなければと思っていたのだ。タイトルは『12の贈り物　東日本大震災支援　岩手県在住作家自選短編集』。出版社は、事務所が被災したにも関わらず、信念をもって本を出し続けた仙台の荒蝦夷である。

同書に収録する作品として、克彦は「愛の記憶」を選んだ。『緋い記憶』から始まる記憶シリーズの三冊目の短編集『蒼い記憶』に収められた作品だ。怖がらせるだけでなく、泣かせる短編も多い同シリーズだが、「愛の記憶」は飛び抜けている。最愛の人を失ってどん底に落ちた主人公が再生を果たすまでの物語である。


盛岡の番号をゆっくりと押す。

通じるはずがないことを知っている。

この番号はもはや抹消されたものだ。

呼び出し音がはっきりと聞こえた。

慌てて私は受話器を下ろして切った。心臓が破れそうになった。どういうことなのだ。もしかして今は別の人間がこの番号を使っているのか？　そうだろう。それしか考えられない。心を落ち着かせて受話器を取る。確かめずにはいられなかった。

また呼び出し音が何度か続いた。

「あなたなの？」

電話に出たのは間違いなく秋子だった。

鳥肌が広がっていくのが分かる。

「きて欲しいの」

秋子は囁《ささや》くように私へ言った。そして電話は無音となった。しんとしてなにも聞こえない。私はまた番号を押した。この番号は今使われていない、という女の声が何度も繰り返された。


（小説「愛の記憶」）

なすすべもないまま、ただ遠くで見まもっているという毎日だ。当の被災者ではないから、本当になにが必要で、なにを思っているか理解できない。私がだれかのために役立つ手仕事でも持っていれば迷いはしないだろう。理解できずとも人々が前に進む手助けを果たすことができる。文芸の役割とはなにか、つくづく考えさせられた。生きる勇気や喜びを与えられる作品は稀有で、私がそれを書いているという自惚れなどもちろん持っていない。自分の小ささを教えられた気がする。それでも書くしか自分にはなんの能力もない。せめてこれからは、苦しい現実と立ち向かっている人々が温もりを感じるような物語を多く心掛けるようにしよう。絶望や悲しみは、私が書かなくとも皆が知っている。

（『12の贈り物』に寄せた克彦の言葉）

『12の贈り物』出版記念パーティで岩手の作家たちと

尚、作品を提供した十二人の作家は次の通りである（括弧内は震災時の居住地）。柏葉幸子、中津文彦、高橋克彦、斎藤純、松田十刻、菊池幸見（以上、盛岡市）、長尾宇迦（八幡平市）、及川和男（一関市）、北上秋彦（軽米町）、平谷美樹（金ケ崎町）、大村友貴美（滝沢村）、石野晶（九戸村）。

岩手文壇最長老の長尾宇迦から新人の石野晶まで、図らずも『12の贈り物』は、一九六〇年代から現在にかけて登場した岩手の作家を網羅する短編集となった。

ミステリー文学大賞

平成二十四（二〇一二）年三月十五日。丸の内の東京會舘で、第十五回日本ミステリー大賞の贈呈式が行われた。

ミステリー大賞は、我が国のミステリー文学の発展に著しく寄与した作家（及び評論家）に贈られるもので、第一回の佐野洋を筆頭に中島河太郎、笹沢左保、山田風太郎、都筑道夫、森村誠一、西村京太郎、夏樹静子など、斯界の重鎮とも言うべき大ベテランが受賞してきた。いわばミステリーの分野で、功成り名を遂げた者にのみ許される最高の賞なのである。

受賞を知らされた時、克彦の中では戸惑いがあった。

> 私の暮らす東北を襲った三月十一日の大震災。それ以来、心の弾むことの少ない私にとって、まさに神様からの贈り物のごとく嬉しい受賞の知らせだった。

この賞の大きさはもちろん承知していて、と同時に自

ミステリー文学大賞の贈呈式

分には縁のない賞とも認識していたので、知らせを受けたときは驚きより、狐につままれた思いの方が強かった。なにしろ私は本格ミステリーから近頃だいぶ離れている。（中略）私に対する大方の印象は歴史小説や時代小説の作家の方が強いに違いない。

（受賞の言葉より）

被災地にいる自分を励ますため、賞をくれたのではないか。

最初、克彦は思ったようだ。けれども、それは違った。選考会で克彦は満票を集めた。選評を読めば分かるように、震災被害への深い同情を示しつつも、長年にわたる業績に敬意を表しての決定だったのである。

「盛岡に住まわれながらも、旺盛な執筆活動をされ、かつては雨の会という若手ミステリー作家の中心的存在であった。その後もみちのく国際ミステリー映画祭、今は盛岡文士劇と、東北発信の文化事業の牽引車の役割を果たしておられる。（中略）震災で大きな衝撃に見舞われ、一時は書くことへの迷いを初めて感じておられたようだが、今は、復興の一助にならんと、執筆を再開された」（大沢在昌）。「東北に拠点を構えて、中央を圧倒する求心力となっているのが高橋克彦氏である。（中略）東北地方を襲った未曽有の大震災にもめげず、東北の精神の再建の中心的存在としてますますの活躍は疑いない。高橋氏の受賞は、これまでの貢献の当然の結果であり、甚大なダメージにもめげず、再建に向かって不屈の努力を重ねている東北人の意気を示すものであろう」（森村誠一）。

ＳＦ、ホラー、本格推理、冒険小説、伝奇小説、歴史小説、時代小説……恋愛小説を除くエンタテインメントのほとんどのジャンルを手掛けた克彦である。確かにミステリー専門という訳ではないが、間違いなく同賞に値する実績を積み重ねてきた。ジャンルこそ異なれ、克彦の時代小説の短編は、良質なミステリーの宝庫である。特に江戸の広告代理店とも言うべき広目屋稼業に魅せられた人々を描く『完四郎広目手控』のシリーズは粒が揃っている。長編一本書けるほどのアイデアを惜しげもなく投入した「筆合戦」は中でも傑作。日本初の新聞と昔ながらの瓦版が、同じネタを材料に取材合戦を繰り広げる物語だ。

「新聞と瓦版《かわらばん》とは違いますよ。瓦版を毎日出せば新聞になるというものではありません。（中略）失礼ながら戯文《ぎぶん》では新聞の役目を果たしません。新聞に面白みは要らない。読む者たちは確かな情報こそ欲しがる。（中略）詰まらぬものを出されては日本が世界に馬鹿にされる心配もある」

「そいつぁ喧嘩《けんか》を売っているってことか」

魯文は血相を変えて身を乗り出した。

「おなじ喧嘩をするなら筆がいい」

待っていたとばかりに吟香が返した。

「ヒコさんとヘボン先生はアメリカで新聞をずっと読んできた人たち。（中略）これから五日間、毎日短い文を書いて二人に読んで貰うことにしましょう。（中略）どちらが新聞の文であるか…

…負けた方は潔く引き下がる。どうです?」

「望むところだ。受けて立つ」

（小説「筆合戦」）

新聞と瓦版の決闘、それだけでもワクワクさせられるのに、さらには視点の違う双方の記事を読み比べた完四郎が、誰も気づかなかったある事件の真相を見抜くという抜群のオチまでつく。エンタテインメントに謎は欠かせないのだ。

「物語を読んでもらうためには、謎が大事な要素、という信念は必ず持っていて、なにを書こうが自分はミステリー作家」と、受賞直後のエッセイに克彦は書いている。

岩手の文学展

朝、出掛ける支度をしていると、中津文彦の妻から連絡があった。「今日のセレモニー、少し早めにいらして頂けませんか」。理由については言葉を濁した。奇妙に思いながら、会場の盛岡市中央公民館へと向かう。

平成二十四(二〇一二)年四月二十五日。その日は、岩手県文化振興基金の助成で開催される「岩手の文学展」の初日だった。克彦と中津は、オープニングセレモニーのテープカットを頼まれていたのである。

公民館に到着すると、中津の妻は悲しみを押し殺して告げた。昨夜、主人が亡くなった、と言う。死因は肝不全。七十歳だった。あまりの衝撃にガクガクと膝が震えた。信じられない。つい一カ月前、文学展のプレイベントで、大いに語り合ったばかりではないか。

確かにプレイベント当日、中津の顔色は優れなかった。けれども座談会が始まるや、いつもは古武士然として内面を吐露することの少ない中津が、珍しく熱い口調で文学を語り出した。七十歳になった今、好きなことだけ書きたい。自分の一族について大河小説を書き、それをライフワークにする、とも語っていた。
中津の自宅と公民館は、目と鼻の先。文学展の開催を待ち望み、乱歩賞と角川小説賞の正賞である貴重なブロンズ像も、展示のため提供してくれていた。今にして思えば、虫の知らせがそうさせたのか。

座談会では、同じ盛岡で暮らす二人が何故、地方を拠点とするのかも話題に出された。

中津　私がデビューした年、タイミングよく東北新幹線が開通したんです。（中略）私の仲人は鈴木彦次郎さんという物書きの大先輩です。鈴木さんは太平洋戦争の末期、忸怩たる思いで盛岡に戻っているんです。疎開のため仕方なかったのですが、東京を離れたら、もう作家として活動できないと思ったんですね。東京と盛岡の、どうしようもない距離感を感じていらしたんです。

（中略）

高橋　中津さんと僕がデビューした頃は、地方で書いている作家は珍しかったんです。今そんな区別ないですよ。編集者だって地方在住の人に、新人賞取ったら東京に来なさい、なんて言わない。そのまま地方で書き続けなさいと言います。

中津　そういう時代になりましたね。むしろ読者のほうが、それを知らないかも。

高橋　（中略）新幹線のほかファクシミリが普及して（東京にいる）必要はなくなった。（中略）（中津さ

平成25年、歴史時代作家クラブ賞の実績功労賞を受賞

んの後を追って）、東北の歴史を書くようになったため、やはりここに住んでいることが自分にとって重要だと思うようになった。地元に暮らしていると小説を書く時の心の持ち方が違うんですよ。岩手の物語を東京で書くのと、盛岡の空を見上げながら書いているのとでは全然違う。

（鼎談「文学のまち盛岡を語る」）

「岩手の文学展」で取り上げたのは、明治から現在までの、岩手生まれ、或いは岩手育ちの文学者百四十八人。文学者の略歴と著作を並べただけの、きわめてシンプルな展示だった。それでも規模の大小はともかく、岩手の文学者を総覧する催しは、恐らくこれが初めて。克彦は中津の死を悼みつつ、岩手文学という大きな流れに中津も自分も連なっている、と感じていた。

タマゴの死

平成二十六（二〇一四）年の夏。タマゴは先に逝ったフミと同じ十九歳になっていた。屋内をノロノロと歩き回り、薄暗い場所を見つけては、グッタリとうずくまる。体の衰えは明らかだった。

八月十四日の深夜。仕事を終えベッドに入ると、タマゴが布団に乗ってきた。顔を近づけて、克彦をじっと見つめ続ける。そして妻の部屋へと向かった。

翌日の朝、タマゴの姿がない。家中探し回って、ようやく見つけた。妻のベッドの下に、タマゴは冷たく横たわっていた。昨夜の奇妙な行動は、二人に最後の別れを告げるためだったのだ。

暑い盛りである。明日にも火葬しなければならない。せめて一晩中そばに居てやることにした。ところが……。

> 私の体に異変が生じたのは夕刻になってからだ。（中略）頭の半分がジワジワと感覚がなくなり、左の手首から指の方が痺《しび》れて動かせなくなった。立ち上がると体がふらつく。（中略）「救急車を呼んでくれ。これはそうとう危ない」
>
> （エッセイ「私の猫だま」）

救急隊員が血圧を測ると二九〇もあった。愛猫の死による心因性のものと診断され、点滴を受けて病院から戻った。ベッドで少しだけ休むつもりが、翌朝まで熟睡してしまった。起きてすぐタマゴのところへ行く。一晩中そばに居ると約束したのに、それすら守れなかった。

やがて三匹分の喪失感が一度に襲ってきた。ホクサイ、フミ、そしてタマゴ。猫たちのことが脳裏に浮かぶと涙が止まらなくなり、呼吸困難に陥った。パニック障害である。

もう猫は飼うまい、と思った。三年後には七十歳となる。いま飼えば、自分が死んだ後に猫だけが残される。それでは可哀想だ。

> いつの頃からだろうか。タマゴはノラ猫として私のもとにまた帰ってくるに違いないと思うようになった。フミやタマゴが運命に導かれて我が家に来たように、猫がまた来るはずだ。（中略）
>
> 私はまだ見ぬその猫にライゾウという名をつけている。市川雷蔵の凛々《りり》しさもあるが、来る贈り物で来贈、である。
>
> （エッセイ「私の猫だま」）

タマゴと克彦

もしも運命の導きで、我が家に見知らぬ猫がやって来たなら、飼うしかない。運命に抵抗しても無意味だからである。克彦はその日を今も待っている。

一人六人展

同年九月二十七日より、岩手県立石神の丘美術館で「高橋克彦　一人六人展」が始まった。同館の芸術監督は作家の斎藤純。師匠への恩返しに、大がかりな高橋克彦展を企画したのだ。

克彦の全面協力により、ファン垂涎の品が惜しげもなく展示された。乱歩賞の応募原稿、浪人時代の同人誌、小学校の通信簿（備考欄に「落ち着きがない」とある）、原作提供した映画やドラマや芝居のポスター、吉田光彦・峰岸達・宇野亜喜良らによる本の表紙や挿し絵の原画、CMキャラクターをつとめたナショナル（現在のパナソニック）冷蔵庫の中吊り広告まである。克彦のコレクションも大公開。古いお化け映画の大判ポスター、三百個以上のジッポーライター、レア物ばかりのドーナツ盤レコード、さらには美術館所蔵クラスの傑作浮世絵の数々。

意外なことに克彦は、珍しくもない筈の自著の展示に最も心を動かされた。圧巻だったのだ。単行本だけでなくノベルスと文庫本も全て並べてある。その数、三百五冊。全著作を一度に目にしたのは当人も初めて。「よくぞ書いたり」。自分で自分を褒めたくなった。

「一人六人展」とあるように、展覧会は「歴史小説家」「ミステリー作家」「ＳＦ作家」「怪奇小説家」「浮世絵研究家」「写真家」の六つのコーナーから成っている。克彦の多面的な魅力を明らかにするための分類だ。
　歴史（時代）小説家としての代表作は、歴史小説では「炎立つ」「火怨」「天を衝く」そして「風の陣」のシリーズ、時代小説では「舫鬼九郎」「完四郎広目手控」「だましゑ」の各シリーズといったところ。ミステリー作家としては「浮世絵三部作」と「塔馬双太郎」のシリーズか。SF作家としては「総門谷」「竜の柩」「バンドネオンの豹」「刻謎宮」の各シリーズ。怪奇小説家としては短編集の「悪魔のトリル」「星の塔」「私の骨」それに「ドールズ」「記憶」「鬼」の各シリーズだろう。

　様々なジャンルに代表作を持つ克彦ではあるが、こうして眺めてみると、シリーズ物がやたら多い。理由はいたって単純。自分が創作した人物と一作きりで別れるのが嫌なのである。作家なら誰でも愛着を持つのは当然だ。けれども克彦は、その気持ちが異常なほど強い。彼らの元気な姿を見続けたいがために続編を書き続け、その結果、多くの作品がシリーズ化の道を歩む。

　克彦の小説は時として〝宴会小説〟とも呼ばれる。作中で宴会の場面が頻繁に出てくる。登場人物たちは何かと言えば酒を酌み交わす。作家はつらく孤独な仕事だ。現実では難しいから、せめて小説の中だけでも、他者との熱い絆を感じた

一人六人展の会場で

いのかも知れない。
「浮世絵研究家」としては『浮世絵鑑賞事典』『浮世絵ミステリーゾーン』『新聞錦絵の世界』など多くの著書がある。異色なのは「写真家」のコーナーであろう。

写真好きが昂じて、克彦は「真景錦絵」なる技法を編み出した。撮影した写真にパソコンを用いて手を加える。不要な個所を消して輪郭を強調した上、現実にはあり得ない色を補ってやる。写真による現代版浮世絵の完成だ。色が心を表現すると浮世絵から学んだ。赤は力強さや喜びを、緑は歴史や落ち着きを感じさせる。「真景錦絵」であれば、写真に自分の心を描き出せるのだ。「真景錦絵」の写真集も出版しており、作家の中で写真の腕は俺が一番だろう、と密かに自惚れている。

約一カ月の会期中、何度か足を運ぶ。立ち止まるのは、やはり自著を並べた一角だ。「自分の使命を見つけた者は幸せだ。その使命さえ果たせたら、いつ死んでも構わないんだ」。克彦の口癖である。信念と言っても良い。

「俺も、いつ死んだっていいかも」。全著作を前にして、そう思った。死ぬのは怖くない。克彦は死後の世界を信じている。身内や友人知人を大勢見送ってきた。六十代も半ばを過ぎると、現世よりあの世にいる知り合いの方が多くなる。向こうに行けば、愛する猫たちにも会えるだろう。

真景錦絵による盛岡の風景

文士劇二十年

同じ年の十二月六日と七日の二日間。座長をつとめる盛岡文士劇の第二十回公演が賑々しく行われた。演目は『モンテ・クリスト伯』を明治の日本に翻案した「新・岩窟王」。ゲスト文士は常連の井沢元彦と内館牧子のほか、日本文学研究者のロバート・キャンベルが初参加した。井沢は克彦の親友、内館の父は盛岡出身。その縁で二人は度々出演してくれている。

愛猫の死で気持ちは沈んだままだった。座長として第一回から主役を張り続けてきたが、今回ばかりは出番の少ない役を選んだ。

尚、第一回から第十九回までの演目は以下の通り（括弧内はゲスト）。

第一回「白浪五人男」
第二回「河内山宗俊」（井沢元彦）
第三回「一本刀土俵入」
第四回「忠臣蔵外伝　土屋主税」
第五回「極付　国定忠治」
第六回「銭形平次」（岩井志麻子）
第七回「幡随長兵衛」（さいとう・たかを）

第　八　回「踊る狸御殿」（内館牧子、弘田三枝子）
第　九　回「常磐津林中」
第　十　回「旗本退屈男」（内館牧子）
第十一回「鞍馬天狗」
第十二回「新撰組」（浅田次郎、井沢元彦、内館牧子、北方謙三）
第十三回「丹下左膳」（藤田弓子、ロドリゲス井之介）
第十四回「宮本武蔵と沢庵和尚」（井沢元彦、内館牧子）
第十五回「源義経」（井沢元彦、ロドリゲス井之介）
第十六回「世話情晦日改心」（内館牧子、近衛はな）
第十七回「世界遺産だよ！　狸御殿」（井沢元彦、内館牧子）
第十八回「冨美五郎の嫁取り」（井沢元彦、内館牧子、林真理子）
第十九回「赤ひげ」（藤田弓子）

第一回から第二十回まで出演した地元文士をアイウエオ順に挙げておく。大村友貴美（作家）、小原啄葉（俳人）、柏葉幸子（児童文学作家）、菊池幸見（アナウンサー、作家）、北上秋彦（作家）、久美沙織（作家）、斎藤純（作家）、澤口たまみ（絵本作家）、高橋爾郎（歌人）、道又力（脚本家）、三好京三（作家）、山本玲子（啄木研究家）の十二人である。

第二十回公演直前に記念座談会が行われた。一部を抜粋して紹介しよう。出席者は高橋（克彦）、井沢（元彦）、斎藤（純）である。

高橋　気持ちよくやったという意味では『新撰組』（の土方歳三）かな。内館（牧子）さんと2人、壬生の屯所の前の、のどかな梅の木がある場面で、観客との一体感を感じたこととか、最後の利根川真也（NHK盛岡のアナウンサー＝当時）君と2人のシーンで、雪に包まれながら死んでいく快感とかね。

斎藤　藤田弓子さんと共演なさった『丹下左膳』は？

高橋（プロの女優と丁々発止やれて）ああ！　あれも面白かった。（中略）完成度としては『源義経』になるんじゃないかな。芝居の面白さ、ダイナミズムを併せ持ってたという感じかな。

斎藤　『宮本武蔵と沢庵和尚』ではなくて？

高橋　あれはねえ、今でも反省してるんだよ。武蔵は年齢的にオレにはできない。だから無理矢理、武蔵と並ぶ役を作れと言って、沢庵和尚との話に拡大したから（中略）オレが目立ちたがって、みんなに迷惑をかけちゃったたってことですね。

井沢　それは反省としてあるんですね？

高橋　あるある（笑）。（中略）物書きっていうのはいつも一人でやっている仕事なので、何人かで共同作業をするのは新鮮なんだよね。書く作業は全部自分でコントロールできるけれど、芝居はコントロールされるでしょう。マゾ的な快感が芝居にはあるんだよね。

（中略）

斎藤　20回目を迎えた気持ちをお願いします。

高橋　よく続いたな、と。（中略）オレは今67歳だから、47歳から20年間やったというだけですごいことだと思いますよ。

（中略）

斎藤　今後はどのように考えていますか。

高橋　オレとしては20年を続けたら悔いはないなあ。これを区切りにしようと、3年くらい前から考えてはいたんだけれど。（中略）

斎藤　克彦さんは毎年、文士劇が終わったら、次の年もやるぞ！と気合を入れてるから、まだまだだと思ってましたが。

高橋　正直、年齢も大きいよ。オレが中心にいると、どんどん年寄り芝居になっていくでしょう。（中略）もはやオレでは『源氏物語』はできないじゃない（笑）。文士劇のいろいろな可能性を考えると、あるところからやっぱり若い人に譲っていかないと。

（『街もりおか』平成二十七年一月号より）

「源氏物語」で光源氏の父帝を演じる

座談会で語った通り、次の第二十一回公演「源氏物語」を最後に舞台から下りた。ちなみに「源氏物語」での克彦は、モテモテの光源氏ではなく、光源氏に最愛の女を奪われる老いた帝の役であった。

あの日から

『あの日から　東日本大震災鎮魂　岩手県出身作家短編集』が出版されたのは、震災から四年以上が過ぎた、平成二七（二〇一五）年十月。副題にあるように、岩手の作家十二人による、東日本大震災をテーマとした短編小説集である。

震災は、岩手の作家に深刻な影響を及ぼした。非常の際にあっては、文学など何の役にも立たないと思い知らされたためである。作家の中には、一時期まったく小説を書けなくなった者もいた。克彦も、その一人である。

けれども、作家は書くことで、現実と向き合うしかない。そのためにこそ『あの日から』は企画されたのだった。同書に収める短編の書き下ろしを頼まれ、引き受けるかどうか悩んだ作家は多かった。最終的に全員が引き受けたのは、書かないと一歩も前に進めない、と誰もが認識していたからだ。

克彦は大震災から半年が過ぎた頃に書いた「さるの湯」を提供した。震災後も現代物の短いホラーだけは何とか書けた。奇妙なことに、どんな話を書いても、結局は何らかの形で震災と結びつく物語になる。常に被災地のことが頭を離れないため、どうしても文中に滲み出てしまうらしい。

「さるの湯」もそうだった。主人公の「私」が撮る写真には何故か震災で亡くなった人間が写る、という発端の短編である。


「だれが来て写しても今までこんなことはなかった。あんた魂に選ばれてんだよ」

「なんで？」

「知らん。魂が決めたことだ」

（中略）

私にはなんの判断もできない。遺族や知人によって確認された人々は、その指摘がない限りどう眺めても死者とは思えない明るく和やかな表情だったのだ。反対に、生きている側が沈痛な顔をしていることの方がずっと多い。

「佐藤の女房、サッちゃんの写真見たか」

照山は仲間の方を向いて訊ねた。何人かが小さく頷いた。

「綺麗だったぞ。あんなに可愛いサッちゃんの顔一度も見たことがねぇ。佐藤のやつ、その額抱き締めてよ……ガキみてぇに泣きじゃくりだ。無理ねぇさ。すっかり流された家ん前でぼんやり突っ立っている野郎のとなりにサッちゃんが励ますみてぇにしてるんだもんな。あの写真見たら鬼でも泣く」

女の子たちが嗚咽した。

「あんたにはサッちゃんが見えてたのか?」

いや、と私は照山に首を横に振った。

現像の段階で二人が写っているのを眺めたときにも違和感はなかった。（中略）プリントしたものを後日手渡しに出掛けたら相手が泣き出したのではじめて分かったのである。しかもそれ一枚では終わらなかった。写真を携えて訪れた先々で次々にそれが起こった。（小説「さるの湯」）

『あの日から』の執筆者を列挙する（括弧内は生誕地）。高橋克彦（釜石市）、北上秋彦（軽米町）、柏

六十代後半　盛岡大仏の前で荒俣宏と

葉幸子（宮古市）、松田十刻（盛岡市）、斎藤純（盛岡市）、久美沙織（盛岡市）、平谷美樹（久慈市）、澤口たまみ（盛岡市）、菊池幸見（遠野市）、大村友貴美（釜石市）、沢村鐵（釜石市）、石野晶（九戸村）。

「さるの湯」もそうだが、収録作品には生者と死者の魂の交流を描いた小説が、とても多い。生き残った人間は、自分だけが助かったことに、後ろめたさを感じずにはいられない。何故、自分は生き残り、何故、彼らは死んでしまったのか。生きている者たちの、そうした気持ちを汲みとって、作家は作品を書いたのだろう。

ある座談会で、克彦は次のように語った。

高橋（震災直後、小説を読む人などいなかった）こんな時に読みたいと思わせるものを書けない自分自身に責任があるんじゃないかと考えるようになった。平和な時代が長く続いたため、小説に生きる指針とか人間とは何かとかではなく、単なる娯楽を求める傾向が強くなっていた。出版社も我々も、売れないと困るから、迎合とまではいかなくても、そうした傾向にどうしても影響される。その結果、どんどん文芸の一番大切な役目を置き去りにしてきた、そんな反省があります。

（鼎談「文学のまち盛岡を語る」）

妻を愛す

震災当時六十四歳だった克彦は、気力を振り絞って新たな物語を紡ごうとした。だが、以前のようには筆が進まない。その三年後に愛猫タマゴを失った。喪失感が重なって執筆のペースが落ち、七十歳を過ぎる頃にはほとんど書かなくなっていた。

最後の長編は、平成二十九（二〇一七）年に出版された『水壁　アテルイを継ぐ男』となる。主人公は阿弓流為の曽孫の天日子。陸奥四部作に連なる物語だ。地震や津波など天変地異が続き、蝦夷の民は飢餓に苦しんでいた。けれども朝廷は疲弊する陸奥を救おうとはしない。この小説には、震災復興など忘れてしまった現在の中央政権に対する苛立ちが反映されているかのようだ。


「乱は朝廷軍の非道に発しておる。俘囚《ふしゅう》を他国の民《たみ》と同等に扱わなかったゆえだ。それで出羽と陸奥合わせて一万以上の餓死者《がししゃ》を出した。里を捨て山に逃《のが》れたことや兵を起こして抗った罪を不問にして貰わねば蝦夷の怒りは治まらぬ。それをまず受け入れてくれぬ限り話は一つも前に進められぬ」

日明に幻水は当然という顔で冒頭の条件とした。何千もの兵を殺されている出羽軍が一切《いっさい》を不問にするなどあり得ないだろうが、勝っている側からの要求としては当たり前のことである。

「戦が集結したとて村々の田畑は荒れ、蒔《ま》く種もない。食い物なしでは抗った意味がなくなる。存分な食糧と最低でも三年の年貢《ねんぐ》の免除を認めて貰わねば立ち直りができぬ。徴兵《ちょうへい》も当分はやめて貰いたい。肝心《かんじん》の働き手がおらぬではなにも果たせぬ」

「そう一度に並べ立てるな」

天日子に幻水は苦笑した。

「命を懸《か》けて戦うとはそういうことではないか。耐《た》えられる程度のものならそこまでせぬ。痩せ衰《おとろ》えて死を待つばかりの子を我が手にかけた親の深い悲しみを敵は知るまい。それをなくすためにおれたちは立ち向かった。これまで通りで済ませられてはたまらぬ」

（小説『水壁　アテルイを継ぐ男』）

『水壁』は「道はいつでも若い者らが切り開く。そう信じて進むしかないのである」という言葉で締めくくられる。老境を迎えた克彦は、若者らに東北の未来を託したのだろう。

小説を書かなくなった代わりに、過去の自作を読み返すことが多くなった。我ながら面白い小説を書いてきたものだ。いや、自分が書いたとは、とても信じられない。

そう思うのも当然だ。克彦は平々凡々な日常を生きている。一方、作中の人物は、作者に与えられた人生を、命を懸けて生きている。困難を克服するたびに、彼らは人として成長を遂げる。だからこそ作品は作者を超えるのだ。そうして作品は、作者の死んだ後までも、読み継がれていく。

令和元（二〇一九）年の暮れ、中国湖北省武漢市で新型コロナウィルスが発生した。目に見えない脅威を前に、世界はまったく無力であった。日本でもウィルスが蔓延する中、岩手県は長らく感染確認ゼロを維持していた。だが、翌年の七月二十九日、初の感染者が確認される。東日本大震災からの復興すら、まだ道半ばである。それだけでは足りぬのか。天を恨みたい気持ちになった。以来、感染予防のため、外出を控える日々が続く。自分のためではない。妻の育子のためだ。

何年も前から、妻は車椅子生活を送っている。週に三度、透析に通う体なのである。そうなってしまったことに、克彦は負い目を感じていた。

乱歩賞を目指していた頃だ。その時、妻は胸に大きなしこりを抱えていた。それを言えば、克彦は心配のあまり原稿を書けなくなるだろう。作家になる夢は、また妻の夢でもあった。

応募原稿を脱稿した直後、ようやく克彦に打ち明けた。診察した医師は、彼女の我慢強さに驚いた。その病気は相当な痛みを伴う筈なのである。俺のためにずっと苦痛に耐えていたのか。克彦は自分を責めた。

大手術の結果、命は取り留めることが出来た。けれども生来の健康は損なわれ、遂には車椅子に頼らざるを得ない身となった。

作家になるため、いや、作家になってからも、一体どれだけの犠牲を妻に強いてきたのか。作家としての使命を果たし終えた上は、いつ死んでもいいと思っていた。だが、それは自己満足による一種の甘えだと思い至った。天から授けられた生は、何があろうと最後までまっとうすべきなのである。一日でも妻より長生きして、これまで与えてもらった愛情に少しでも報いるのだ。それをしなければ人ではない。

今、高橋克彦は、妻のためだけに生きている。

高橋克彦全著作

００１**『浮世絵鑑賞事典』**
一九七七年　日本出版センター
一九八七年　講談社文庫
二〇一六年　角川ソフィア文庫

００２**『写楽殺人事件』第二十九回江戸川乱歩賞**
一九八三年　講談社
一九八六年　講談社文庫
二〇〇二年　講談社文庫（『江戸川乱歩賞全集13』）

００３**『倫敦暗殺塔』**
一九八五年　講談社ノベルス
一九八八年　講談社文庫
二〇〇六年　祥伝社文庫

００４**『浮世絵ミステリーゾーン』**
一九八五年　講談社
一九九一年　講談社文庫
二〇一〇年　講談社＋アルファ文庫

００５**『総門谷　上』第七回吉川英治文学新人賞**
一九八五年　講談社
一九八七年　講談社ノベルス（上下巻を一冊にして刊行）
一九八九年　講談社文庫（上下巻を一冊にして刊行）

００６**『総門谷　下』**
一九八五年　講談社
一九八七年　講談社ノベルス（上下巻を一冊にして刊行）
一九八九年　講談社文庫（上下巻を一冊にして刊行）

００７**『悪魔のトリル』**
一九八六年　講談社ノベルス
一九八九年　講談社文庫
二〇〇七年　祥伝社文庫

００８**『新聞錦絵の世界』**
一九八六年　ＰＨＰ研究所（高橋克彦コレクション　ＰＨＰグラフィックス）
一九九二年　角川文庫

００９**『北斎殺人事件』第四十回日本推理作家協会賞**
一九八六年　講談社
一九九〇年　講談社文庫
二〇〇二年　双葉文庫（『日本推理作家協会賞受賞作全集55』）

０１０**『歴史ズームイン』**

一九八七年　熊谷印刷
一九九三年　徳間文庫（『東北歴史推理行』と改題）

011『**ドールズ　闇から来た少女**』
一九八七年　中央公論社
一九八九年　中公文庫
一九九七年　角川文庫

012『**バンドネオンの豹**』
一九八七年　角川文庫
一九九一年　講談社文庫
一九九六年　講談社（新装版）
二〇〇九年　ランダムハウス講談社文庫

013『**歌麿殺贋事件**』
一九八八年　講談社ノベルス
一九九一年　講談社文庫

014『**星の塔**』
一九八八年　実業之日本社
一九九二年　文春文庫
二〇〇九年　ランダムハウス講談社文庫

015『**蒼夜叉**』
一九八八年　講談社ノベルス
一九九一年　講談社文庫

016『**パンドラ・ケース**』
一九八八年　文藝春秋
一九九一年　文春文庫

017『**竜の柩　上**』
一九八九年　祥伝社
一九九三年　ノン・ノベル
一九九七年　祥伝社文庫（『竜の柩1』として刊行）
二〇〇六年　講談社文庫（『竜の柩1』として刊行）

018『**竜の柩　下**』
一九八九年　祥伝社
一九九三年　ノン・ノベル
一九九七年　祥伝社文庫（『竜の柩2』として刊行）
二〇〇六年　講談社文庫（『竜の柩2』として刊行）

019『**南朝迷路**』
一九八九年　実業之日本社
一九九一年　ジョイ・ノベルス
一九九五年　文春文庫

020『**広重殺人事件**』
一九八九年　講談社

一九九二年　講談社文庫
０２１『**玉子魔人の日常**』
一九八九年　中央公論社
一九九五年　中公文庫
０２２『**刻謎宮**』
一九八九年　徳間書店
一九九三年　徳間ノベルス
一九九七年　徳間文庫
二〇〇六年　講談社文庫（『刻謎宮1』として刊行）
０２３『**北斎の罪**』
一九九〇年　天山出版
一九九一年　天山文庫
一九九三年　講談社文庫
０２４『**偶人館の殺人**』
一九九〇年　祥伝社
一九九三年　祥伝社文庫
二〇〇二年　角川文庫
二〇一五年　ＰＨＰ文芸文庫
０２５『**１９９９年**』
一九九〇年　小学館

一九九四年　講談社文庫
０２６『**即身仏の殺人**』
一九九〇年　実業之日本社
一九九五年　ジョイ・ノベルス
一九九八年　文春文庫
二〇一一年　ＰＨＰ文芸文庫
０２７『**闇から覗く顔　ドールズ**』
一九九〇年　中央公論社
一九九三年　中公文庫
一九九八年　角川文庫
０２８『**総門谷Ｒ　阿黒篇**』
一九九一年　講談社
一九九三年　講談社ノベルス
一九九三年　講談社文庫
０２９『**春信殺人事件**』
一九九一年　カッパ・ノベルス
一九九六年　光文社文庫
二〇〇二年　角川文庫
０３０『**その日ぐらし**』杉浦日向子との共著
一九九一年　ＰＨＰ研究所

一九九四年　ＰＨＰ文庫

０３１『**小説家**』
一九九一年　実業之日本社
一九九六年　講談社文庫

０３２『**緋い記憶**』**第一〇六回直木賞**
一九九一年　文藝春秋
一九九四年　文春文庫

０３３『**星封陣**』
一九九二年　天山出版
一九九三年　講談社ノベルス
一九九四年　講談社文庫

０３４『**総門谷Ｒ　鵺篇**』
一九九二年　講談社
一九九四年　講談社ノベルス
一九九四年　講談社文庫

０３５『**江戸のニューメディア**』
一九九二年　角川書店
二〇〇二年　角川文庫（高橋克彦迷宮コレクション７『大江戸浮世絵暮らし』と改題）

０３６『**謎の絵師　写楽の世界**』
一九九二年　講談社カルチャーブックス

０３７『**火城**』
一九九二年　ＰＨＰ研究所
一九九五年　ＰＨＰ文庫
二〇〇一年　角川文庫
二〇〇七年　ＰＨＰ研究所（新装版）
二〇一〇年　文春文庫

０３８『**舫鬼九郎**』
一九九二年　実業之日本社
一九九六年　新潮文庫
二〇一七年　文春文庫

０３９『**新・竜の柩　上**』
一九九二年　祥伝社
一九九四年　ノン・ノベル（上下巻を一冊にして刊行）
一九九七年　祥伝社文庫（『竜の柩３』として刊行）
二〇〇六年　講談社文庫（『竜の柩３』として刊行）

０４０『**新・竜の柩　下**』
一九九二年　祥伝社
一九九四年　ノン・ノベル（上下巻を一冊にして刊行）
一九九七年　祥伝社文庫（『竜の柩４』として刊行）

二〇〇六年　講談社文庫（『竜の柩4』として刊行）
041『**私の骨**』
一九九二年　角川書店
一九九六年　角川ノベルス
一九九七年　角川ホラー文庫
二〇〇七年　角川文庫
042『**見た！世紀末**』
一九九二年　小学館
一九九六年　講談社文庫
043『**炎立つ　北の埋み火**』NHK大河ドラマ原作
一九九二年　NHK出版
一九九五年　講談社文庫
044『**またふたたびの玉子魔人**』
一九九二年　中央公論社
一九九五年　中公文庫
045『**眠らない少女**』
一九九二年　角川書店
二〇〇六年　角川文庫
046『**炎立つ　燃える北天**』
一九九三年　NHK出版
一九九五年　講談社文庫
047『**炎立つ　空への炎**』
一九九三年　NHK出版
一九九五年　講談社文庫
048『**書斎からの空飛ぶ円盤**』
一九九三年　マガジンハウス
一九九七年　講談社文庫
049『**炎立つ　冥き稲妻**』
一九九三年　NHK出版
一九九五年　講談社文庫
050『**炎立つ　光彩楽土**』
一九九四年　NHK出版
一九九五年　講談社文庫
051『**四谷怪談**』
一九九五年　講談社（『少年少女古典文学館23』）
二〇〇〇年　講談社文庫
二〇一〇年　講談社（『21世紀版少年少女古典文学館22』）
052『**三度目の正直　玉子魔人**』
一九九五年　中央公論社

一九九九年　講談社文庫（『こいつがないと生きていけない』と改題）

053『**鬼九郎鬼草子**』

一九九五年　実業之日本社

一九九八年　新潮文庫

二〇一七年　文春文庫

054『**総門谷R　小町変妖篇**』

一九九五年　講談社

一九九七年　講談社ノベルス

一九九八年　講談社文庫

055『**風の陣　立志篇**』

一九九五年　PHP研究所

二〇〇一年　PHP文庫

二〇一八年　講談社文庫

056『**幻想映画館**』

一九九六年　PHP研究所

一九九九年　PHP文庫（『幻想ホラー映画館』と改題）

二〇〇二年　角川文庫（高橋克彦迷宮コレクション6『幻想映画館完全版』と改題）

057『**前世の記憶**』

一九九六年　文藝春秋

一九九九年　文春文庫

058『**刻謎宮Ⅱ　光輝篇**』

一九九六年　徳間書店

一九九八年　徳間ノベルス

二〇〇二年　徳間文庫

二〇〇六年　講談社文庫（『刻謎宮2』として刊行）

059『**未来からのメッセージ**』

一九九六年　サンマーク出版

一九九九年　サンマーク文庫

060『**鬼**』

一九九六年　角川春樹事務所

一九九九年　ハルキ文庫

二〇〇〇年　ハルキ・ホラー文庫

二〇〇二年　講談社文庫

二〇一三年　日経文芸文庫

061『**黄昏綺譚**』

一九九六年　毎日新聞社

一九九九年　角川文庫

062『**白妖鬼**』
一九九六年　講談社文庫
二〇一三年　日経文芸文庫
063『**聖豹紀　バンドネオンの豹**』
一九九六年　講談社
二〇〇〇年　講談社文庫
二〇〇九年　ランダムハウス講談社文庫
064『**幻少女**』
一九九七年　角川ミニ文庫
二〇〇二年　角川文庫
065『**聖夜幻想**』
一九九七年　幻冬舎文庫
066『**歴史ミステリー講座**』井沢元彦、中津文彦との共著
一九九七年　新人物往来社
二〇〇〇年　祥伝社文庫（『歴史ミステリー作家養成講座』と改題）
067『**浮世絵探検**』
一九九七年　岩波書店
二〇〇一年　角川文庫（高橋克彦迷宮コレクション5）
068『**超古代文明論**』南山宏との共著
一九九七年　徳間書店
二〇〇一年　徳間文庫
069『**鬼九郎五結鬼灯**』
一九九八年　実業之日本社
二〇〇一年　新潮文庫
二〇一七年　文春文庫
070『**完四郎広目手控**』
一九九八年　集英社
二〇〇一年　集英社文庫
071『**日本史鑑定**』明石散人との共著
一九九九年　徳間書店
二〇〇二年　徳間文庫
072『**不思議な卵**』
一九九九年　角川ミニ文庫
073『**高橋克彦集　げんだいミステリーワールド第13巻**』
一九九九年　リブリオ出版
074『**だましゑ歌麿**』
一九九九年　文藝春秋

二〇〇二年　文春文庫
075『**刻謎宮Ⅱ　渡穹篇**』
一九九九年　徳間書店
二〇〇一年　徳間ノベルス
二〇〇二年　徳間文庫
二〇〇六年　講談社文庫（『刻謎宮3』『刻謎宮4』
として刊行）
076『**火怨　上**』第三十四回吉川英治文学賞
一九九九年　講談社
二〇〇二年　講談社文庫
077『**火怨　下**』
一九九九年　講談社
二〇〇二年　講談社文庫
078『**光の記憶**』ゲリー・ボーネルとの共著
一九九九年　ヴォイス
二〇〇七年　徳間書店5次元文庫（『5次元世界は
こうなる』と改題）
079『**蒼い記憶**』
二〇〇〇年　文藝春秋
二〇〇三年　文春文庫

080『**霊の柩**』
二〇〇〇年　祥伝社
二〇〇一年　ノン・ノベル
二〇〇三年　祥伝社文庫（上下巻）
二〇〇六年　講談社文庫（『竜の柩5』『竜の柩6』
として刊行）
081『**京伝怪異帖**』
二〇〇〇年　中央公論社
二〇〇三年　講談社文庫（上下巻）
二〇〇九年　文春文庫
082『**完四郎広目手控　天狗殺し**』
二〇〇〇年　集英社
二〇〇三年　集英社文庫
083『**長人鬼**』
二〇〇〇年　ハルキ・ホラー文庫
二〇一四年　日経文芸文庫
084『**あやかし**』
二〇〇〇年　双葉社
二〇〇三年　双葉文庫（上下巻）
085『**浮世絵ワンダーランド**』

二〇〇〇年　平凡社

086**『空中鬼』**

二〇〇〇年　祥伝社文庫

二〇一四年　日経文芸文庫

087**『時宗　巻の壱』**NHK大河ドラマ原作

二〇〇〇年　NHK出版

二〇〇三年　講談社文庫

088**『時宗・狂言　〝日本のこころ〟を求めて』**和泉元彌との共著

二〇〇〇年　徳間書店

089**『時宗　巻の弐』**

二〇〇〇年　NHK出版

二〇〇三年　講談社文庫

090**『えびす聖子』**

二〇〇一年　幻冬舎

二〇〇三年　幻冬舎文庫

二〇一〇年　文春文庫

091**『時宗　巻の参』**

二〇〇一年　NHK出版

二〇〇三年　講談社文庫

092**『浮世絵博覧会』**

二〇〇一年　角川文庫（高橋克彦迷宮コレクション1）

093**『時宗　巻の四』**

二〇〇一年　NHK出版

二〇〇三年　講談社文庫

094**『独想日本史』**

二〇〇一年　角川文庫（高橋克彦迷宮コレクション2）

095**『ホラー・コネクション』**

二〇〇一年　角川文庫（高橋克彦迷宮コレクション3）

096**『ドールズ　闇から招く声』**

二〇〇一年　角川書店

二〇〇四年　角川文庫

097**『天を衝く　上』**

二〇〇一年　講談社

二〇〇四年　講談社文庫（上下巻を全三巻で刊行）

098**『天を衝く　下』**

二〇〇一年　講談社

二〇〇四年　講談社文庫（上下巻を全三巻で刊行）

099**『降魔王』**

二〇〇一年　講談社文庫

100**『高橋克彦特選短篇集』**百冊記念の限定本
二〇〇二年　中央公論社
101**『ゴッホ殺人事件　上』**
二〇〇二年　講談社
二〇〇五年　講談社文庫
102**『ゴッホ殺人事件　下』**
二〇〇二年　講談社
二〇〇五年　講談社文庫
103**『総門谷R　白骨篇』**
二〇〇二年　講談社
二〇〇四年　講談社ノベルス
二〇〇五年　講談社文庫
104**『紅蓮鬼』**
二〇〇三年　角川ホラー文庫
二〇〇八年　角川文庫
二〇一三年　日経文芸文庫
105**『おこう紅絵暦』**
二〇〇三年　文藝春秋
二〇〇六年　文春文庫
106**『風の陣　大望篇』**
二〇〇三年　ＰＨＰ研究所
二〇〇四年　ＰＨＰ文庫
二〇一八年　講談社文庫
107**『幻日』**
二〇〇三年　小学館
二〇〇六年　小学館文庫
二〇一四年　文春文庫
108**『完四郎広目手控　いじん幽霊』**
二〇〇三年　集英社
二〇〇六年　集英社文庫
109**『ばく食え』**吉田光彦との共著
二〇〇四年　祥伝社文庫
110**『風の陣　天命篇』**
二〇〇五年　ＰＨＰ研究所
二〇〇七年　ＰＨＰ文庫
二〇一八年　講談社文庫
111**『弓削是雄全集　鬼』**
二〇〇五年　講談社
112**『春朗合わせ鏡』**
二〇〇六年　文藝春秋

二〇〇九年　文春文庫
113『**高橋克彦の怪談**』
二〇〇六年　祥伝社文庫
114『**完四郎広目手控　文明怪化**』
二〇〇七年　集英社
二〇一〇年　集英社文庫
115『**風の陣　風雲篇**』
二〇〇七年　ＰＨＰ研究所
二〇一〇年　ＰＨＰ文庫
二〇一八年　講談社文庫
116『**楽園にようこそ**』
二〇〇七年　ＮＨＫ出版
117『**おそれ**』
二〇〇八年　出版芸術社
118『**ドールズ　月下天使**』
二〇〇八年　角川書店
二〇一一年　角川文庫
119『**蘭陽きらら舞**』
二〇〇九年　文藝春秋
二〇一一年　文春文庫
120『**たまゆらり**』
二〇〇九年　実業之日本社
二〇一一年　実業之日本社文庫
121『**高橋克彦自選短編集1　ミステリー編**』
二〇〇九年　講談社文庫
122『**高橋克彦自選短編集2　恐怖小説編**』
二〇〇九年　講談社文庫
123『**高橋克彦自選短編集3　時代小説編**』
二〇一〇年　講談社文庫
124『**鬼九郎孤月剣**』
二〇一〇年　新潮社
二〇一三年　新潮文庫
二〇一八年　文春文庫
125『**荒俣宏・高橋克彦の岩手ふしぎ旅**』荒俣宏との共著
二〇一〇年　実業之日本社
二〇一二年　実業之日本社文庫
126『**風の陣　裂心篇**』
二〇一〇年　ＰＨＰ研究所
二〇一二年　ＰＨＰ文芸文庫

二〇一八年　講談社文庫
127『源内なかま講』
二〇一一年　文藝春秋
二〇一三年　文春文庫
128『完四郎広目手控　不惑剣』
二〇一一年　集英社
二〇一四年　集英社文庫
129『みちのく迷宮』
二〇一二年　光文社文庫
130『ツリー　上』
二〇一三年　双葉社
二〇一五年　双葉文庫
131『ツリー　下』
二〇一三年　双葉社
二〇一五年　双葉文庫
132『東北・蝦夷の魂』
二〇一三年　現代書館
133『かげゑ歌麿』
二〇一三年　文藝春秋
二〇一六年　文春文庫
134『真景錦絵』自ら撮影・加工した写真集
二〇一三年　川嶋印刷
135『ジャーニー・ボーイ』
二〇一三年　朝日新聞社
二〇一六年　朝日文庫
136『ドールズ　最終章　夜の誘い』
二〇一三年　角川書店
二〇一五年　角川文庫
137『非写真』
二〇一四年　新潮社
二〇一八年　新潮文庫
138『石の記憶』
二〇一五年　文春文庫
139『水壁　アテルイを継ぐ男』
二〇一七年　ＰＨＰ研究所
二〇二〇年　講談社文庫
140『吾輩は作家の猫である』
二〇一七年　エイアンドエフ

あとがき

高橋克彦さんの知遇を得て、かれこれ三十年経つ。本文にも出てくる「みちのく国際ミステリー映画祭」立ち上げのため、顧問就任をお願いに行ったのが最初だ。高橋さんは直木賞を受賞した直後で、しかも大河ドラマ原作を執筆中。講演や番組出演の依頼が殺到し、生涯で最も多忙な日々を送っていた。知り合って間もなく、秘書をやらないかと誘われた。イベントの仕事をしていたので、マスコミ対応が得意だと思われたらしい。かなり悩んだが、作家の生態への興味もあり「専業は無理ですが、自分の仕事と半々でよければ……」と引き受けた。

やがて私が脚本家志望だと知った高橋さんは、自作をテレビドラマ化する際、脚色を任せてくれた。それからも高橋さん原作によるラジオドラマや舞台脚本を、数多く手がけさせてもらった。高橋さんは脚本に必ず目を通し、いつも適切な助言を与えてくれるので、とても有り難かった。高橋さんには斎藤純さん、北上秋彦さん、菊池幸見さんという小説家の弟子がいる。私は小説家ではないが、四番目の弟子だと密かに思っている。

「君の名刺代わりとなるように、何か本を一冊出しておいたほうがいいよ」。そう勧められ、初めての著作として高橋さんの作家読本を編んで、平成十二（二〇〇〇）年に平凡社より上梓した。その本には、生まれてから作家になるまでの小伝も収めてある。いずれは、作家になって以降について書き足し、きちんとした評伝にしなければ、と考えていた。

地元紙に岩手文学史を書く機会があり、平成二十五年から約三年半連載した。当然ながら岩手文壇の重鎮である高橋さんについても、かなりの紙数を費やす。連載が終わった時、作家読本に収めた小伝と岩手文学史の記述を合わせれば、高橋さんの生涯を辿る評伝が出来るのではないか、と閃いた。

二つを読み直すと、まだまだ書き足りないところが目につく。特に作家になってからが不足している。

書き改める前に、出版の可否を打診してみた。相手は現代書館社長の菊地泰博さんである。現代書館の本には、中央政権に蹂躙され続けた東北の歴史について、高橋さんが語り下ろした『東北・蝦夷の魂』という隠れたロングセラーがあるのだ。「出しましょう」。菊地さんは即座に答えた。お陰で脱稿後の心配をせず執筆を進められた。感謝を申し上げたい。

懸案だった評伝を書き終え、ようやく肩の荷が下りた。高橋さんから受けた恩を、ほんの少しは返せた気がする。あとは読者に本書を手に取っていただくばかりである。高橋さんの小説を、より楽しむための一助となれば、これほど嬉しいことはない。

二〇二一年三月十一日　十年前のあの日を思いながら

道又　力（脚本家）

道又力（みちまた・つとむ）
脚本家。一九六一年、遠野市生まれ。大阪芸術大学映像学科卒業。演劇、テレビ、ラジオ、漫画の脚本を手がけるほか、『芝居を愛した作家たち』（文藝春秋）、『岩手の純文学』（東洋書院）、『文學の國いわて』（岩手日報社）など著書・編著多数。二〇一八年に第三十一回地方出版文化功労賞特別賞および二〇一七年度岩手県芸術選奨、二〇二〇年に二〇一九年度いわて暮らしの文化特別知事表彰を受賞。所属団体は日本推理作家協会、日本脚本家連盟、日本放送作家協会。盛岡市在住。

作家《さっか》という生《い》き方《かた》　評伝《ひょうでん》　高橋克彦《たかはしかつひこ》

二〇二一年四月二十五日　第一版第一刷発行

著　者　道又力
発行者　菊地泰博
発行所　株式会社現代書館
　東京都千代田区飯田橋三―二―五
　郵便番号　102-0072
　電　話　03（3221）1321
　F A X　03（3262）5906
　振　替　00120-3-83725
組　版　デザイン・編集室エディット
印刷所　平河工業社（本文）
　東光印刷所（カバー）
製本所　積信堂
装　幀　大森裕二

校正協力　高梨恵一
 ISBN978-4-7684-5898-3
定価はカバーに表示してあります。乱丁・落丁本はおとりかえいたします。
http://www.gendaishokan.co.jp/

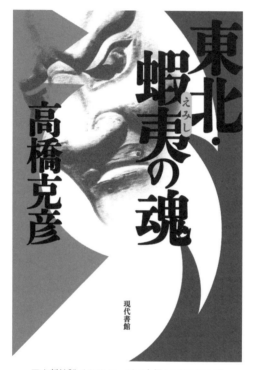

現代書館

北野 慶 著
亡国記
近未来、原発再稼働が進む日本を東海トラフ地震が襲う。原発破損、放射能漏れで日本は壊滅状態に。京都で暮らしていた父娘は脱出し韓国、中国、欧米諸国へ。普通の人々が国を失う姿をリアルに描写。朝日新聞・東京中日新聞書評続々。**城山三郎賞受賞。**

1700円＋税

村雲 司 著
阿武隈共和国独立宣言
「自由や、自由や、われ汝と死せん」と叫んだ苅宿仲衛の故郷、福島県の一角が独立宣言をした。「故郷の山河を棄てろと国が強要するなら、俺たちは国を棄ててもいい」が人々の想いだ。抵抗の一つの形を示す、痛快な物語。**菅原文太さん激賞！**

1200円＋税

上原正三 著
キジムナーkids
出会い、友情、冒険、好奇心、別れ……そして、希望。少年期特有の感性をノスタルジックに綴る自伝小説。沖縄戦の犠牲、痛みをのりこえた〝キジムナーkids〟を、ウルトラマンのシナリオライターがみずみずしく描く。**第33回坪田譲治文学賞受賞。**

1700円＋税

孫崎 享 著
小説 外務省
尖閣問題の正体
『戦後史の正体』の著者が書いた、日本外交の真実。事実は闇に葬られ、隠蔽される。〈つくられた国境紛争〉と危機を煽る権力者。誤った政策が誰によってつくられ実行されるのか。外務省元官僚による驚愕のノンフィクション・ノベル。
1600円＋税

山田邦紀 著
今ひとたびの高見順
プロレタリア文学運動に関わり、検挙・拷問・転向を経験した、昭和を代表する作家、高見順の生涯を辿りながら、彼の目を通してみた「昭和」を描く。硬軟併せ持ち、同時代に翻弄された人々にも通じる人間像は、読者の共感を呼ぶだろう。

2600円＋税

宇神幸男 著
三島由紀夫VS音楽
自他共に認めるワグネリアンであった三島は生前、どのような音楽を聴いていたのか？　人生を作品化した天才作家にとって音楽とは何であったのか？　小説・戯曲・評論・日記・書簡等を基本資料としながら彼の音楽体験を検証、考察する。

1800円＋税

定価は二〇二一年四月一日現在のものです。

現代書館

河内一郎 著
漱石のユートピア

漱石もビックリ！　調べ尽くされた「漱石研究」に残された新たなる発見があった。漱石の食卓、子孫、訪れた場所、出会った人々を『漱石、ジャムを舐める』の著者が徹底取材し「知られざる漱石」を大発掘。これぞ「こぼれ話」の金字塔！。

1600円＋税

前田　潤 著
漱石のいない写真
文豪たちの陰影

大正四年上野公園で不意にシャッターを切られた文豪一家。この一枚をきっかけに、偉人たちとカメラとの出会いを辿ってゆく。運命の悪戯によって撮影された写真とそれを描いた文学作品から、明治・大正を生きた人間の写真観が浮き彫りに。

1700円＋税

三橋　修 著
作家は何を嗅いできたか
におい、あるいは感性の歴史

かつて世界はどんなにおいで満ちていたか？　その手がかりを探り、近代から現代までの文学作品・マンガ・アニメにわたって、ひたすら「におい」にまつわる記述を追い続けた。時代によって変化する感性が、においによって明かされる。

1900円＋税

砂古口早苗 著
外骨みたいに生きてみたい
反骨にして楽天なり

雑誌を作ることにおいては天下無比の鬼才と称され、多くの新聞・雑誌を創刊。度々発禁差し止めの処分を受けながらも、過激にして愛嬌ある反骨のジャーナリスト、宮武外骨の生涯と事績を新資料で追う。『朝日新聞』長期連載記事を大幅加筆。

2200円＋税

井上隆史 著　シリーズいま読む！名著
「もう一つの日本」を求めて
三島由紀夫『豊饒の海』を読み直す

命を賭して三島が挑んだ文学の極。誰もが繁栄を謳歌していた1970年、衝撃的な自決と共に生み出された三島の遺作は恐るべき洞察力で進歩主義の終着点「虚無の極北」を描いていた。そんな荒涼たる現代社会を生き抜く力が文学にはあるのか！

2200円＋税

沼正三 著／村田喜代子 跋文
異嗜食的作家論

『家畜人ヤプー』で名を馳せ、2008年末、亡くなった沼氏が天野哲夫名で世に問うた作家論に、村田さんの跋文を新しく付け加えた。マゾヒズムで社会批評をしたと言われる沼氏の作家論は、これまでの書評とは一味も二味も違う作家論だ。

2600円＋税

定価は二〇二一年四月一日現在のものです。